KB102017

조선의 봄

매검향 장편소설

FUSION FANTASTIC STORY

조선의 봄 6

매검향 장편소설

초판 1쇄 찍은 날 § 2017년 6월 9일
초판 1쇄 펴낸 날 § 2017년 6월 16일

지은이 § 매검향
펴낸이 § 서경석

편집책임 § 이선근

펴낸곳 § 도서출판 청어람
등록번호 § 제387-1999-000006호
등록일자 § 1999. 5. 31
어람번호 § 제1-2713호

주소 § 경기도 부천시 부일로 483번길 40 서경B/D 3F (우) 14640
전화 § 032-656-4452 팩스 § 032-656-4453
http://www.chungeoram.com
E-mail § chungeorambook@daum.net

ⓒ 매검향, 2017

ISBN 979-11-04-91357-0 04810
ISBN 979-11-04-91219-1 (세트)

조선의 봄

6

매검향 장편소설

FUSION FANTASTIC STORY

청어람
도서출판

조선의 봄

목차

C O N T E N T S

제1장
가례(嘉禮)

"싼값에 자원을 수탈당하고 또 그들의 시장으로 전락하는 것이 문제지. 마치 전 아이누 종족과 마츠마에 번의 관계처럼."

　"정말로 대한제국은 아이누를 비롯한 홋카이도 원주민들을 수탈하지 않을 생각이십니까?"

　"내 우리 군에게 특별 지시를 내린 바 있소. 절대적으로 그들의 자치권을 존중해 줄 것이며, 어로권, 수렵권 등 그들의 재산 일체를 보호해 주라고 말이오."

　"그러면 대한제국이 얻는 것이 무엇입니까?"

"지하 매장된 풍부한 자원과 산림자원, 그리고 그들이 바다의 모든 물고기를 다 잡을 수 있는 것도 아니고, 인구가 부족한 조선의 인구도 늘릴 수 있고."

"그들에게 자치권을 부여한다면서요? 하면 그들이 대한제국의 백성이긴 합니까?"

"물론이오. 우리 대한제국 백성의 일원으로 우리는 그들을 외적으로부터 보호해 줄 의무가 있는 것이오."

"그런 관계라면 그들로서는 고마워하겠군요."

긍정도 부정도 않고 빙긋 웃던 병호가 말했다.

"우리 대한제국과 일본이 그런 관계라면 어떤 생각이 드오?"

"조선이 우리를 양이의 침탈로부터 보호해 준다는 말이죠? 그러면서도 자치권을 인정하고."

"그렇소."

"그것도 문제는 문제일 것 같습니다. 말씀하신 대로라면 조선이, 아니, 대한제국이 우리의 지하자원 등을 캐갈 수 있다는 것 아닙니까?"

"그래서 내가 선뜻 대답을 안 한 것이오. 그들이 지금은 외견상 수탈을 당하지 않으니 고마워할지 모르나, 민도가 깨이면 문제가 불거질 수도 있소. 하지만 또 우리가 막상 보호를 철회하면 전과 같이 번이나 막부의 수탈을 당할 테니, 더 큰 고민을 안게 되는 것이지."

"이래저래 발전하지 못한 나라는 당할 수밖에 없는 처지군요. 그것이 가벼우냐, 중하냐의 차이지."

말없이 고개를 끄덕인 병호가 다시 입을 떼었다.

"스스로 깨어 강해지는 것, 즉 자강(自强)만이 답이 아닌가 하오."

"전적으로 동의합니다. 각하!"

"자, 술이나 마시자고."

"네, 각하!"

이렇게 병호는 린타로와 많은 대화를 나누며 술잔을 거듭했다. 그리고 이튿날은 그에게 일본어 통역을 붙여 조선의 발전된 문물을 보여주도록 하고, 그것이 모두 끝나면 해군에 입교하여 훈련을 받도록 조처했다.

*   *   *

이날 아침이었다.

병호가 자신의 집무실로 출근하자마자 그를 기다리고 있는 사람이 있었다. 태황태후 김 씨가 보낸 궁녀였다. 궁녀 중에서도 최측근이자 가장 지위가 높은 최 상궁이었다.

그런 그녀가 출근하는 병호를 보고 공손히 고개를 조아렸다. 그런 그녀를 보고 병호가 물었다.

"아침부터 어쩐 일이시오?"

"태황태후마마께서 뵙길 청하십니다."

"지금 말이오?"

"가급적 이른 시간이면 좋다 하셨습니다."

"무슨 급한 일이라도 있는 것이오?"

"상의하실 것이 있다는 외에는 소비 자세히 알지 못하옵니다."

"좋소. 그럼, 가봅시다."

"네."

곧 두 사람은 태황태후를 만나러 갔다. 그녀는 새로 중건한 경복궁에 살지 않고 창덕궁 대조전(昌德宮 大造殿)에 기거하고 있었다. 황제가 경복궁에서 함께 생활하자 해도 이를 거절하고 대조전에 머물러 있었던 것이다.

아무튼 병호가 최 상궁과 함께 대조전에 드니 이미 와 있는 인물이 있었다. 총리 김좌근이었다. 그 또한 태황태후가 함께 청한 모양이었다.

태황태후의 면전이라 가볍게 목례로 병호가 예를 표하는데, 이제 완연하게 흰머리가 늘어난 금년 63세의 태황태후 김 씨가 근엄하게 앉아 있다 먼저 인사를 했다.

"어서 오오."

황급히 몸을 낮춘 병호가 급히 부복해 안부 인사를 전했
다.

"강녕하시옵니까? 태황태후마마!"

"그만저만 하오. 오늘 두 분을 부른 것은 다름 아닌 황제의
혼사를 논하기 위해서요."

'아, 그렇지! 황제의 나이 벌써 스물한 살인데, 격무에 시달
리다 보니 그에 대해서는 미처 신경을 못 썼구나!'

병호가 내심 자책하고 있는데 태황태후의 말이 이어졌다.

"황제의 보령이 보령이니 만큼 서둘렀으면 하오. 훌륭한 규
수가 없을까?"

물음이 끝나자마자 그 문제에 대해 일찍이 생각해 왔던 것
처럼 김좌근이 바로 답을 했다.

"문근의 여식이 어떨까 하옵니다, 태황태후마마!"

"문근의 여식?"

"네. 금년 15세로 벌써부터 주변에서 부덕(婦德)이 높다고
칭찬이 자자하옵니다, 마마!"

"가례도감(嘉禮都監)이라도 설치하여 간택하는 것이 상례이
나, 총리의 추천도 있고 하니 언제 날 잡아 미리 한 번 볼 수
없겠소?"

"내일이라도 당장 들이겠사옵니다, 마마!"

"이렇다는데 부총리의 의견은 어떠하오?"

태황태후의 물음에 병호는 즉각 찬성하는 발언을 했다.

"저로서는 달리 의견이 없사옵니다. 두 분의 뜻에 따를 뿐이옵니다, 마마!"

돌아가는 꼴을 보아하니 사전에 입을 맞춘 것 같기도 하고, 원역사 그대로 진행되는 일이라 병호가 굳이 반대할 이유는 없었다. 그의 입장에서는 변수가 생기는 일이 오히려 달갑지 않은 일이기 때문이었다.

아무튼 병호까지 찬성을 하자 더 이상 대화를 나눌 것도 없이 이 일은 그대로 진행되게 되었다. 따라서 병호는 조금 더 머물며 이런저런 이야기를 나누다가 그곳을 빠져나왔다.

그러고 나니 요즈음 황제에 대해 너무 신경을 못 썼다는 생각이 들었다. 그래서 병호는 생각난 김에 바로 경복궁으로 향했다.

병호가 경복궁에 들어 황제를 찾으니 그는 1층의 주요 의전을 행사하는 곳에도, 2층의 평소 집무를 보는 공간에도, 3층의 침실에도 없었다.

그는 경복궁의 최상층인 5층의 휴식 공간에서 내관 두 명과 궁년 두 명만을 대동한 채 한양 성내를 굽어보고 있었다. 곧 함께 이곳까지 오른 내관에 의해 그에게 병호가 온 것이 통지되었다.

"부총리 입시옵니다, 황상!"

"어, 그래요?"

비로소 시선을 돌린 황제가 병호에게 시선을 주었다. 이에 병호가 허리 숙여 예를 표했다.

"강녕하시옵니까? 황상!"

"아, 그래요. 부총리 얼굴 보기가 참으로 힘들군요."

"앞으로는 좀 더 자주 찾아뵙도록 하겠사옵니다."

"그래요. 그렇게 하기로 하고… 무슨 용무가 있는 것이오?"

"다름이 아니라 오늘 황상의 혼사에 대해 논의가 있었습니다."

"아, 혼사……!"

놀란 듯 반응하던 원범의 용안이 급격히 흐려졌다. 이에 병호가 물었다.

"무슨 근심이라도 있사옵니까? 황상!"

"안 되겠지? 안 될 거야."

혼자 고개까지 흔들며 부정의 말만 쏟아내는 그가 답답해 병호가 즉시 물었다.

"일단 말씀을 하셔야……"

"내게 사랑하는 처자가 있소."

"그렇습니까?"

"해서 태황태후께 몇 번을 간곡히 청을 드린 적이 있소. 그 여인을 황후로 세울 수 없겠느냐고."

"그랬더니요?"

"일언지하에 거절하셨소."

"허허⋯⋯!"

탄식하는 병호의 머리에는 즉각 '양순'이라는 이름이 떠올랐다. 그래서 병호가 물었다.

"혹시 강화도 잠저에 계실 때 마음속에 둔 여인이옵니까?"

"그렇소!"

서슴없이 고개를 끄덕인 원범이 갑자기 망연한 얼굴로 돌아서서 창밖을 바라보며 중얼거리듯 말했다.

"해서 짐은 황후가 안 되면 후궁으로라도 그 여인을 궁에 들이자는 청을 넣었소. 헌데 그것마저도 일언지하에 거절하시더이다. 이러니 내가 무슨 홍취가 일어 정사에 임하며⋯⋯."

여기서 갑자기 그의 언성이 높아지며 고함치듯 물었다.

"짐이 이 나라의 황제이긴 한 거요?"

이어 그의 독백인지 방백인지 모를 대사가 이어졌다.

"사랑하는 여인 하나 후궁으로조차 들일 수 없고, 뿐만 아니오. 강화도에서 백성들과 함께 마시던 막걸리가 그리워 그를 좀 가져오라 했더니, 이 마저도 독(毒) 운운하며 거절하는 것을 보고, 짐으로서는 만정이 다 떨어지던 참이오."

"그것은 너무 심한 것 같사옵니다."

병호의 말에 원범이 반색하며 달려들었다.

"그렇지요? 짐이 새장에 갇힌 새도 아니고."

"지금 말이 오가고 있는 규수를 황후로 맞아들이고 나면, 강화도에 있다는 여인을 궁으로 들여 후궁, 아니, 비(妃)나 빈(嬪)으로 삼을 수 있도록 힘써보겠나이다. 하고 막걸리는 당장에라도 강화도로 전령을 띄워 몇 말 가져오도록 명하겠나이다. 물론 독의 유무는 철저히 검사하여 올리도록 하겠사옵니다. 황상!"

"하하하! 좋소, 좋아! 부총리 같이 뭔가 화끈하게 나오는 면이 있어야지, 주변 사람들 모두가 고루한 인물들뿐이다 보니, 매일의 궁 생활이 감옥이나 다름없소. 하하하! 정말 양순이를 비나 빈으로 봉해도 되는 것이지요?"

"최대한 힘써보겠습니다. 황상!"

"하하하……! 좋구나, 좋아!"

갑자기 춤을 덩실덩실 추던 원범이 그 자세 그대로 말했다.

"짐도 대한제국의 실세가 누군지 잘 알고 있소. 하니 짐의 뜻도 다 이루어진 것. 하하하! 좋다, 좋아!"

누가 보면 발광을 하는 줄 알 것이나 병호는 그 생각보다도 측은한 생각이 먼저 들었다. 그의 말마따나 그는 새장에 갇힌 한 마리 새에 지나지 않았으니까.

외관상은 온갖 호사를 다 누리나, 실상은 무엇 하나 자신의 마음대로 할 수 없는 괴뢰(傀儡: 허수아비)인 바에야, 차라리 강화도에서 지게목발 두드리며 노래하던 그 시절이, 그 개인적으로 보면 좋았을지도 모르겠다는 생각이 들었다. 이런 연민이 있었기에 그의 청을 다 들어주겠노라 장담했는지도 모르겠다.

아무튼 즐거워하는 그를 보다가 병호가 물었다.

"그밖에 소신에게 요구하고 싶은, 아니, 지시하고 싶은 사항은 없사옵니까? 황상!"

"경연(經筵)만 해도 그렇소. 조강(朝講), 주강(晝講), 석강(夕講) 하루에 세 번 경연을 개최하니, 공부하다 하루가 다 가고, 게다가 뭔 놈의 제사는 그렇게 많은지, 제사 지내다가 일 년이 다 간다 해도 과언이 아니오. 또 짐이 아직 젊은 데도, 먹으라는 보약은 왜 그렇게 많은지, 아예 싫은 정도가 아니라 진절머리가 나오."

"제사는 어쩔 수 없다 쳐도, 경연만은 궁내부 대신에 지시해 주강과 석강을 아예 없애도록 하겠사옵니다. 하고 보약 문제는 대신 황상께서 소신과 한 가지만 약속하시면 대폭 줄이도록 하겠사옵니다."

"그것이 뭐요?"

"하루에 최소 2각은 산책을 하셔야 하옵니다."

"하하하! 그 문제라면 내 얼마든지 약속할 수 있고, 지킬 수 있소. 아! 진즉 부총리를 들여 이런 문제를 상의할 걸. 혼자 괜히 속만 끓였네. 아, 시원하다. 시원해! 짐은 이 세상에서 부총리가 제일 좋소!"

"어인 말씀을……."

"그건 진심이오. 하하하……!"

모처럼 통쾌해 보이는 황상을 보고 있노라니 왠지 병호의 마음도 편치 않았다. 그래서 또 하나 제안을 했다.

"경복궁에 머무시기에 너무 답답하다 느끼시면 인왕산의 행궁에도 가끔 행차하시고, 또 가례를 올릴 때쯤이면 경의선 철도도 완공이 될 것이니, 이의 개통식에는 태황태후마마와 함께 행행하시어 함께 경축해 주시는 게 어떻겠사옵니까? 황상!"

"거 듣던 중 반가운 소리요. 부총리께서 허락만 하신다면 내 틀림없이 그렇게 하리다. 아니, 꼭 그렇게 될 수 있도록 해 주시오."

"알겠습니다. 꼭 그렇게 되도록 내각에 지시해 놓도록 하겠사옵니다. 황상!"

"하하하……! 좋다, 좋아! 매일이 제발 오늘만 같아라! 그러면 얼마든지 황제 노릇 할 수 있을 것 같은데……."

"앞으로 종종 들려 황상께옵서 불편하신 점은 없는지 신이 살피도록 하겠사옵니다, 황상!"

"부총리라면 매일 들러도 좋소. 하하하!"

오늘따라 유난히 웃음이 많은 황제를 보고, 모시는 입장의 내관과 궁녀들 또한 기쁜지 알게 모르게 얼굴에 미소를 띠고 있었다.

병호 또한 마찬가지였다. 궁을 물러나면서도 즐거워하는 황제의 용안이 떠올라 자신도 모르게 따뜻한 미소를 짓고 있었던 것이다.

곧 집무실로 돌아온 병호는 서둘러 북해도로 쾌선을 띄우도록 지시했다. 혹여 최악의 경우 일본과 전쟁이 벌어질지도 모르고, 아니더라도 계절상 머지않아 태풍이 닥칠 철인지라, 하와이 점령을 잠정 보류토록 지시를 내린 것이다.

병호가 이런 명을 내릴 수 있는 이면에는 그가 보고받기로, 이제야 홋카이도, 즉 북해남도의 완전한 점령이 끝나가기 때문이었다. 따라서 2만의 육군과 교대할 해병 2만이 아직은 하와이로 출항하지 않은 때였기 때문에 가능했다.

아무튼 지시를 내리고 난 그의 머리에 갑자기 양헌수에 이어 최익현이 떠올랐다. 그래서 병호는 즉각 비서진에 지시하여 최익현을 수배토록 했다. 그리고 병호는 경의선이 언제 확실하게 개통할 수 있는지 알아오도록 지시했다.

이어 병호는 예비군법이 작성 완료되었는지 확인했다. 이제 국민개병제(國民皆兵制)에 의해 징집된 1기생들이 2년을 넘어 제대할 때가 도래하기 때문에, 자신이 사는 지방의 지역 방위는 예비군들이 담당하게끔 하기 위해 이 제도를 준비하는 것이다. 그 기간은 전역 후 5년으로 우선 추진하고 있었다.

이 법이 내각의 결의를 통과해 황제가 국새를 날인하는 것으로 발효가 되면 젊은 층의 일부 반발도 있겠지만 국방을 소홀히 하고서는 아무것도 이룰 수 없다는 말로 그들을 설득할 생각이었다.

아무튼 병호가 법안을 읽어보고 만족한 표정을 짓는데 노크 소리가 들리더니 외무대신 이상적이 들어왔다.

"무슨 일이라도 있소?"

"중국 대사가 이제야 발령이 나서 왔는데 목창아라는 거물입니다."

"그래요?"

너무나 잘 아는 인물이기에 자신도 모르게 자리에서 벌떡 일어난 병호였지만 금방 모호한 표정이 되었다.

그의 발령이 실인지 득인지 판단이 잘 서지 않았기 때문이었다. 그로 말하면 그가 10년 전부터 애써 중국 정계에 심어 놓은 친한파(親韓派)인데, 그런 사람이 청국 조정에서 소외되었으니 실인 반면에, 생판 모르는 사람보다 자신과 잘 통하는 사람이 대사로 왔으니 그런 쪽으로 보면 득이었기에 애매한 표정이 된 것이다.

다시 자리에 앉으며 병호의 입가에는 자신도 모르게 고소가 지어졌다. 자신들은 벌써 청나라 측이 제공한 중남해(中南海), 즉 자금성 서쪽에 인접한 지역에 1만여 평의 대지를 그들이 제공해, 벌써 3층짜리 대사관 건물이 신축되었다.

그리고 대사까지 부임한 지 오래인데 이제야 그들은 대사를 보내니 참으로 '만만디(慢慢的)'라는 단어가 생각나는 그들의 행태가 아닐 수 없었다. 참고로 중국 대사로는 오경석의 부친으로 역관 출신이자, 사업적 동지였던 오응현이 초대 대사로 부임했다.

아무튼 그 말에 병호가 이상적에게 말했다.

"우리의 처음 계획대로 태평관(太平館)을 저들의 대사관 부지로 제공하도록 하고, 모화관(慕華館)은 부숴 그 자리에 독립문을 건립하도록 합시다."

"우선은 머물 곳이 있어야 하니 당분간은 모화관을 저들의 대사관으로 제공하고, 태평관 자리에 대사관 건물이 완공되면 그때 가서 독립문을 세우는 게 좋겠습니다."

"그렇게 하도록 하시오."

"네, 각하!"

여기서 둘 사이에 오간 대화 중 태평관은 조선시대에 명나라 사신들이 머물던 숙소이자, 왕 또는 왕자가 사신들을 대접하기 위해 다례와 하마연, 익일연 등의 연회를 베풀던 곳이다.

그러던 것이 임란 때 불타 그대로 방치된 채 그 터만 남아 있는 상태였다. 그런 곳을 대사관 터로 제공하라는 말이고, 그 위치는 숭례문 안의 양생방으로 지금의 중구 서소문동 일대였다.

"각하, 목 대인을 한번 만나보시지 않겠습니까?"

"지금은 양국 간에 뚜렷한 현안도 없고, 내가 바쁘기도 하니, 우선은 외무대신께서 만나 명원관에서 잘 접대하도록 하시오."

"알겠습니다. 각하!"

"다른 사안은 없지요?"

"네, 특별한 사안은 없습니다. 각하! 그럼……."

그가 예를 표하고 물러가자 병호는 잠시 자리에서 일어나 뭉친 근육을 풀었다.

*   *   *

그로부터 한 달여가 흘러 중추절도 지나고 본격적인 가을이 시작된 8월 20일. 그간 병호가 계획했던 많은 일이 처리되었고 새로운 일이 생겨나고 있었다.

우선 최익현에 대해 알아본 결과 그는 그의 스승 이항로가 올린 상소문의 연판장에 함께 서명을 한 죄로, 대한제국이 새로 개척한 영토인 영흥도 송화강 변에 유배된 사실이 확인되었다.

이에 병호는 그곳 관찰사로 부임한, 병호가 운영하던 연구소 내 교수였던 이규경에게 쾌마를 띄워, 그를 한양으로 불러올리도록 했다. 이 과정에서 병호는 생각나는 사람이 있어, 호남을 대표하는 유학자 기정진(奇正鎭), 영남을 대표하는 재야 학자 이진상(李震相) 등에 대해서도 알아보게 했다.

그 결과 그들 또한 그 거소는 달랐으나 모두 유배형을 당해 북방에서 생활하고 있는 것이 밝혀졌다. 그래도 다행인 것은 이규경이 알게 모르게 유배당한 선비들을 잘 챙겨주는 바람에, 그들 가족 모두가 건강한 삶을 이어가고 있다는 사실이었다.

예비군법 또한 황제의 재가가 떨어져 공식적으로 실행될 대한제국의 법으로 확정된 가운데, 병호는 젊은이들의 반발을 우려해 윤색을 좀 했다. 즉 3년의 병역을 마치는 자에게는 지방이나 정부 관리 선발 시 3점의 가산점을 주도록 했고, 예비군까지 완전히 마친 자는 5점의 가산점을 주도록 해 그들의 반발을 조금이라도 누그러뜨리려 노력했다.

윤색이라는 표현과 같이 이 당시 역관 외에도 경찰공무원이나 외무공무원이 되려면 왜어나 중국어를 배우고 말을 탈줄 아는 것이 훨씬 더 유리했다. 모집 시험에 영어, 중국어, 일본어, 승마 등의 과목이 있었기 때문이다.

따라서 대한제국의 젊은이들 사이에는 때 아닌 외국어 열풍이 불고 있는 것이 현실이었다. 승마는 조금이라도 지체 있는 가문이라면 의례히 행하는 일이라 특별히 배우지 않아도 되었지만, 그렇지 못한 집은 별도로 배워야 했으니, 북방에서 사육되고 있는 말이 반도 내로 많이 유입되는 결과를 낳기도 했다.

아무튼 원범의 가례 건도 김좌근의 계획대로 착착 진행되고 있었다. 대왕대비가 문근의 여식을 만나보고 흔쾌히 동의하자, 이 일은 일사천리로 진행되어 이제 정식 가례를 행하는 일만 남았다.

그 날짜까지 택일되니 9월 9일 중양절이었다. 이날로 날짜가 확정된 데는 이 날이 길일이라는 이유도 있지만, 그때쯤이면 경의선도 완공되어 함께 경축연을 행하기 위해서였다.

그리고 병호가 황제에게 약속한 사항은 모두 그대로 시행되어 강화도 막걸리가 검사 후 궁으로 들어가고, 경연도 조강 하나로 축소되었다. 또 보약 건도 그가 원치 않으면 제공치 않도록 했다.

그 밖에 원범이 사랑했던 처자 양순을 후궁으로 들이는 문제는, 우선 황후를 들어앉힌 후에 논할 일이므로 아직은 전혀 진척이 없었다. 또 하와이 출병 문제는 병호가 지시한 대로 잠정 보류 상태로 그들 모두가 북해도 내로 투입되어, 기존 원주민의 호적을 만드는 데 동참하고 있었다.

이런 가운데 이날 마침내 최익현이 한양으로 압송되어 왔다. 아니, 병호의 집무실까지 끌려왔다. 그것도 포승에 단단히 묶인 채, 열아홉 살 청년으로 긴 얼굴이 힘든 유배 생활로 더욱 길어진 듯한, 그의 얼굴을 잠시 바라보던 병호가 손수 그의 포승 끈을 풀어주며 물었다.

"생활은 할 만한가?"

"그렇습니다."

담담하게 뱉는 의외의 대답에 병호가 빙긋 웃으며 다시 물었다.

"우리의 정책 중 무엇이 잘못되었다고 보는가?"

"왕을 꼭두각시로 만들고 개항을 한 점이오."

"그 말을 부인하지는 않겠네. 비록 황제로 지위는 더욱 존엄해졌으나 실권 대부분이 내각에 위임되었으니까. 굳이 지금 세계의 강국이라는 양이들이 그렇게 하고 있다는 변명을 하지 않더라도, 조선이 이대로 가면 궁극에는 서구 열강이나 개방을 먼저 단행한 왜에 먹힐 수도 있었음이야. 하고 개항은 우리가 개항을 해도 양이들에게 먹히지 않은 실력이 되었기에 했네. 외교라는 것이 상대적이라서 우리의 문을 열어주지 않고는, 상대의 문을 열게 하는 데 한계가 있기 때문이지. 이에 대해 자네는 어떻게 생각하나?"

"말씀을 듣고 나니 더욱 혼선이 생기는 것 같습니다."

"무슨 소린가?"

"아니래도 유배 생활을 하면서 그 문제에 대해 많은 생각을 했으나, 솔직히 뚜렷한 결론을 얻지 못했습니다. 단지 시생의 견문이 짧지 않을까 하는 생각이 들었습니다."

"흐흠… 한 가지 더 물어보지. 백성들의 삶은 어떻다고 보는가? 더 나아졌나, 아니면 더 가난해졌나?"

"분명 모든 백성들의 살림살이가 전보다는 훨씬 윤택해졌으나, 정신적으로는 무언가 문제가 있지 않나 생각되었습니다."

"종전 조선의 지주라 할 수 있는 성리학이 많이 퇴조된 것을 보고, 이를 공부한 유생으로서 느끼는 공허감 아닐까?"

"그럴지도 모르나 무언가 그들을 지배할 뚜렷한 가치관이나 그런 것이 없어 보여 공허해 보였습니다."

"원하는 것이 있으면 한 가지만 말해보시게."

"대신께서 말씀하시는 서구 열강을 한번 돌아보고 싶습니다."

"좋네. 내일이라도 당장 떠날 수 있도록 하겠네."

"의문이 하나 있습니다."

"뭔가?"

"왜 시생만 특별히 불러 이런 대우를 하시는지……."

"그 이유를 모르겠다?"

"네!"

"나는 자네가 누구보다 강직한 청년이라는 걸 잘 아네. 동문수학한 사람들 중 양헌수를 알지?"

"네!"

"그로부터 자네의 강직성을 듣고 그런 청년이라면 유배만이 능사가 아니란 생각에 자네를 불러올렸네. 답이 되었나?"

"특별 배려에 감사드립니다."

"내일이라도 당장 떠날 수 있지?"

"삼 일의 여유를 주시면 안 되겠습니까?"

"안 될 것 없지. 원대로 유럽은 물론 미국도 둘러볼 기회를 주겠네. 아마 자네가 우물 안 개구리였다는 것을 절실히 느끼는 계기가 될 것이야."

고개를 끄덕이며 말이 없는 그를 병호는 곧 자신의 집에 데리고 가도록 조처했다. 이때 일본 조야(朝野)는 한마디로 벌집을 쑤셔놓은 듯 들끓고 있었다.

우습게 알던 조선에게 홋카이도를 빼앗긴 것도 모자라, 항의하러 갔던 노중 타카히로마저 빈손이 아니라, 전쟁을 통보 받은 것과 마찬가지인 상태로 돌아왔기 때문이었다.

이에 막부의 제12대 쇼군이자 일본의 실질적 통치자인 토쿠가와 이에요시(德川家慶)는 숙고 끝에 결심을 했다. 조선을 알기 위해 그간 지방에 처박아두었던, 요괴라 불리며 완고한 쇄국주의 정책을 고수하던 도리이 요조(鳥居耀蔵)를 다시 에도로 불러올린 것이다.

즉 그를 단장으로 한 사절단을 다시 조선에 보내어 조선의 실정을 정확히 파악한 후, 그 대응책을 마련코자 한 것이다. 이렇게 되어 갑자기 쇼군의 특명을 받은 그가 먼저 강화도에 도착하여, 강화도에 주재하고 있던 일본 상관장 대마도 종(宗) 씨를 앞세워 조선에 입국을 신청한 것이다.

이에 주로 외치와 국방을 관장하고 있던 병호가 쾌히 승낙하니, 그가 사절단을 이끌고 대한제국에 입국한 것은 공교롭게도 최익현이 유럽 선편으로 네덜란드로 떠나던 8월 24일 이었다.

그를 접견하기 전 병호는 그 사절단에 대한제국을 두루 돌아볼 수 있는 기회를 주었다. 그러고 나서 접견을 하겠다는 통보를 했다. 이에 그들은 주요 공장이 몰려 있는 인천의 남동 공단을 필두로 송림의 제철소, 이웃한 철점과 시멘트 공장, 더하여 해삼위 일대를 둘러보는 일정을 소화하게 되었다.

그렇게 약 보름의 여정을 소화하고 그가 한양에 나타난 것이 9월 7일로 우선 이상적이 그를 면담했다. 그리고 병호의 지시에 의해 9월 9일 중양절에 있을 황제의 가례에 초대받음은 물론 경인선 개통식에도 정식으로 초청을 받았다.

1851년 9월 9일, 사시 정(巳時 正: 오전 10시).

중양절을 맞아 가을 하늘 공활(空豁)하여 맑고 구름 한 점 없는 가운데, 경복궁 앞 넓은 뜰에는 유문흑사(有紋黑紗) 차림의 3품 이상의 전 문무 대신들이 품계에 따라 이 열로 도열해 있었다.

기단 위 양옆에는 고색창연한 청동향로에서 푸른 연기 하늘로 치솟고, 풍성한 대례상(大禮床)이 차려진 단상에는 태황태후 김 씨를 비롯해 전 익종(翼宗) 비(妃) 조 씨, 헌종의 계비 홍 씨 등 내명부 최고 어른과, 가까운 종친들 및 초대된 수많은 각국의 고위 외교사절들이 자리를 잡고 있었다.

이때 단하 제일 앞쪽에 자리 잡은 공보처장 최한기가 목청을 틔우더니 큰 소리로 외쳤다.

"황상폐하 납시오!"

곧 장악원 악공들의 장중한 주악이 울려 퍼지는 속에서 홍례문(弘禮門) 쪽에서 갑자기 대련(大輦)이 출현했다. 적색 바탕에 주홍색으로 칠하고, 황금으로 구름과 용 그림을 그려 금을 새겨 넣은 쇠로 장식했으며, 중앙에는 주홍색 교의(交椅)에 각답(脚踏)을 갖춘 어좌(御座)에 의젓하게 앉은 원범이 주렴 속에 흔들리고 있었다.

그 뒤로는 초립(草笠) 위에 작우(雀羽) 꽂고 누른 천릭(天翼) 남전대(藍纏帶)를 한 27명의 취타수로 구성된 어전 취타대가 행진곡풍의 대취타(大吹打)를 연주하며, 정기(旌旗) 표표(飄飄)한 가운데 엄위한 모습으로 따르고 있었다.

이윽고 황제 원범이 기단을 올라 대련의 주렴을 걷고 그 늠연(凜然)한 모습을 드러내자 갑자기 단상의 후미, 즉 태황태후 뒤편에서 예정에 없던 만세삼창이 터져 나왔다.

"만세!"

"만세!"

"황제폐하, 만만세!"

당연히 모든 사람들의 시선이 그자에게 쏠릴 수밖에 없었고, 흰 터럭의 김 상선이 자라목이 되어 사정없이 시선이 흔들리는 모습을 연출하고 있었다. 순조 때부터 4대를 모신 내관의 충정을 이해 못할 바 아니나, 여간 결례가 아닐 수 없었다.

그렇다고 식의 진행을 멈출 수는 없는 법. 곧 최한기가 다시 한번 큰 소리로 외쳤다.

"예비 황후 입시오!"

또 한 번 모든 이들의 시선이 홍례문 쪽으로 쏠리는 가운데 온갖 꽃으로 장식한 가마 한 대가 출연하여 문무 대신 사이를 통과하기 시작했다. 이에 따라 다시 한번 장중한 주악과 취타가 진행되고, 기단을 오른 꽃가마가 멈추어 서는 것 같더니 급히 접근한 궁녀들에 의해 외씨버선이 등장했다.

　곧 칠보단장(七寶丹粧)을 한 김문근의 여식이 모습을 드러내는데 붉은 천으로 앞면 전체를 가려 그 용모는 전혀 알 수 없었다. 이에 대신들의 후미에서 낮은 탄식이 터져 나오고, 땅이 꺼질세라 조심조심 걷던 신부의 옥보(玉步)가 황제의 뒤편에 멈추어 섰다.

　"곧 황제폐하와 예비 황후 간에 교배례(交拜禮)가 있겠습니다. 맞절!"

　최한기의 호령에 김문의 여식이 먼저 두 궁녀의 부축을 받으며 머리끝까지 두 손을 올려 서서히 주저앉았다.

　그러나 황제 원범은 오색찬란한 면류관이 떨어질세라 단지 고개를 숙여 보이는 것으로 절을 대신하니, 맞절이 아니라 엄연히 어른이 아랫사람의 절을 받는 모습이었다.

　"합근례(合巹禮)!"

　곧 청실홍실 드리운 술잔에 술을 따른 두 궁녀가 김문의 여식에게 잔을 받쳐 올리자, 그녀가 허리 굽혀 읍례(揖禮)했다. 그리고 이 잔을 다시 궁녀에게 내미니, 궁녀는 이 잔을 받아

다시 황제 원범에게 건넸다.

이 잔을 받아든 원범 역시 김문의 여식마냥 잔에 입을 대었다 떼는 정도로 술을 마시는 척만 하고, 잔을 다시 궁녀에게 넘겼다. 곧 궁녀가 퇴주하는 것으로 합근례가 끝났다.

"다음은 폐백을 행하겠습니다."

곧 여러 작은 절차가 안내되고, 황제와 정식 황후가 된 김문의 여식이 궁의 가장 어른인 태황태후 김 씨에게 절을 올리는 것으로 폐백이 시작되었다.

두 사람이 보조를 맞추어 절을 하기 시작하자 갑자기 뒷 열에서 열두 마리나 되는 닭을 하늘 높이 날렸다. 이에 따라 놀란 닭들이 퇴화된 날개로 인해 얼마 날지 못하고, 대례상이고 지엄한 황태후의 원삼(圓衫)이고 가릴 것 없이 내려앉으니 한바탕 소란이 일어났다.

이런 가운데에서도 침착함을 유지한 태황태후가 김 황후에게 밤과 대추를 던져주며 축수했다.

"보위를 이을 황손을 열이고 스물이고 쑥쑥 낳아, 우리 대한제국의 사직을 영원무궁토록 보존해 주오!"

"네, 태황태후마마!"

황후가 기어들어 가는 목소리로 답하며, 얼른 황금빛 원삼 자락을 펼쳐 태황태후가 던지는 밤과 대추를 받았다. 그러나 게중에는 튀어 멀리 달아나는 놈도 있었고, 또 이를 주워 먹는 철없는 종친도 있어 보는 이들의 실소를 자아내게 했다.

다음은 효명세자비 조 씨가 폐백을 받았고, 그 다음으로 헌종의 계비 홍 씨가 폐백을 받으며 다시 밤과 대추를 던지니, 황후 김 씨의 원삼 자락에는 밤과 대추가 지천이었다. 이렇게 황실 과부들에게 드리는 인사가 끝나자 최한기가 다시 안내를 했다.

"이로써 황상 폐하의 모든 가례 절차를 끝내고, 곧 경인선 개통을 경축하는 시승식이 있을 예정이오니, 한 분도 빠짐 없이 이에 참례해 주시기 바랍니다."

최한기의 말이 끝나자마자 모여 있던 문무 대신들이 서로 대화를 나누느라 장내가 소란스러워졌다.

그러자 갑자기 대취타를 지휘하는 집사(執事)가 두 손에 받쳐 들고 있던 지휘봉이라고 할 수 있는 '등채'를, 오른손만으로 잡고 머리 위로 높이 치켜들고 호령호령했다.

"명금일하대취타(鳴金一下大吹打) 하랍신다!"

"네이!"

징 소리가 울리는 것을 시작으로 유일하게 선율(旋律)을 연주하는 취악기인 태평소(太平簫)가 울고, 나발(喇叭)·나각(螺角: 소라) 등 일정치 않은 단음의 단조로운 취악기와, 북·장구·징·자바라(啫哱囉) 등 무율타악기(無律打樂器)들이 제각각 고유의 음색을 뿜내며 장내를 정돈하기 시작했다.

곧 홍례문 밖에 대기하고 있던 최신식 군대의 모습을 갖춘 근위병 3백 명이 쏟아져 들어와 선두 열을 짓고, 그 뒤를 따라 황실 및 각 군과 부대를 상징하는 수백의 오색찬란한 의장기들이 빽빽하게 경복궁 뜰을 메웠다.

그러자 초립(草笠) 위에 작우(雀羽) 꽂고 누른 천릭(天翼) 남전대(藍纏帶)에 미투리(麻土履)를 신은 취타대가 자신의 자리를 잡으며, 경쾌한 대취타를 연주하는데 갑자기 말굽 소리가 금천교를 진동하기 시작했다.

모두 깜짝 놀라 홍례문 쪽을 주시하니 곧 백마에 백색제복 차림의 근위기마대 360명이 홍례문 밖에서 쏟아져 들어와 이열로 늘어섰다. 어느새 대련에 오른 원범의 어가(御駕)가 그 속을 파고들었다.

질세라 황후를 태운 꽃가마가 황제의 대가(大駕)를 뒤쫓는 속에서, 황제와 황후를 호위하는 최고위 역인 실질적 군 통수권자인 부총리 겸 국방대신 김병호가 지휘검을 빼들고 그 뒤를 바짝 쫓았다.

이 행렬이 끝나자 총리 김좌근을 위시한 대한제국 최고위직 대신들이 열을 지어 뒤를 따랐고, 그 뒤를 이어 각양각색의 복장을 한 주한 외교사절이 흥미로운 눈빛으로 전후좌우를 살피고 있었다.

또 그 속에는 단장 도리이 요조를 비롯한 일본 사절단도 포함되어 있었는데, 그들의 눈 역시 전후좌우를 살피느라 쉼 없이 구르고 있었다. 그 바람에 그들의 눈은 잔뜩 충혈될 수밖에 없었다. 너무 눈알을 열심히 굴린 덕분이었다.

아무튼 이 행렬이 끝나자 단락을 짓듯 300명의 근위대가 착검을 한 상태로 삼엄한 호위에 나섰고, 그 뒤를 태황태후 등 고위 종친들의 가마며 도보 행렬이 끝없이 대오를 짓고 있었다.

또 이들 뒤에는 근위병 300명이 경호의 백미를 장식하며 그 늠름한 모습을 뽐내고 있었다. 이런 장대한 행렬이 광화문 앞에 나타난 것은 채 일각도 지나지 않아서였다.

이에 드넓은 대로변을 가득 메우고 있던 수만 한양 백성들이 일제히 허리 굽혀 황제에게 예를 표했다. 그리고 좌우를 돌아보며, 때로 발돋움하여 장대한 행렬을 구영하게 된 그들의 입에서는 연신 감탄성이 쏟아져 나오고, 그들의 눈 또한 계속 쉼 없이 돌아가고 있었다.

이런 속에서 갑자기 만세 소리가 튀어나왔다.

"만세!"

"만세!"

"대한제국 만만세!"

그러자 수만 백성들이 일제히 따라 외치기 시작했다.

"만세!"

"만세!"

"대한제국 만만세!"

이를 들은 황제 이원범의 입가에 씁쓸한 미소가 맺혔다. '황제폐하 만만세'가 아니라 '대한제국 만만세'라니. 민심의 변화가 대저 이러했으니, 황제로서는 고소(苦笑)를 매달지 않을 수 없었던 것이다.

어쨌거나 행렬은 머지않아 지금의 서울역과 같은 위치인 한양역 광장에 멈추어 섰고, 누구의 지시인지 이를 맞은 광장 앞의 수많은 백성들이 손에 든 태극기를 흔들며 '황제폐하'를 연호했다.

이에 어가에서 내린 황제가 기분 좋은 미소를 띤 채 손을 흔들며 시승장으로 향했다. 시승장에는 이미 객차 열량을 매단 탱크형 기관차가 '慶 경인선 개통 祝'라 적힌 긴 천을 가로로 매달고 그 웅자를 뽐내고 있었다.

최측근 황제 경호대의 안내에 의해 황제가 제일 첫 칸에 오르는 것을 시작으로, 황후와 장관급 대신 그리고 태황태후를 비롯한 고위 종친 및 주한 외교사절 중에서도 힘 있는 나라의 외교관만이 첫 칸에 탑승하는 영광을 누렸다.

그리고 다음 칸에는 근위병, 다음에는 사전에 정해진 탑승 계획표에 따라 객차 열량이 전부 채워지자 멋진 제복을 차려입은 역장이 붉은 기를 흔드는 것으로 발차(發車)를 알렸다.

치익 치익 칙칙……!

곧 검붉은색 동체의 육중한 놈이 괴상한 소리를 내며 화통에서 굵은 수증기 기둥을 뿜어내는가 싶더니, 서서히 그 거대한 동체를 움직이기 시작했다.

뚜 뚜 뚜우……!

칙칙 폭폭 칙칙 폭폭……!

긴 기적 소리와 함께 열차의 속도가 점점 빨라지기 시작했다.

그러자 황제는 물론이고 태황태후마저도 신기한 듯 창밖을 내다보느라 여념이 없었다. 그러나 부끄러운 새색시만이 여전히 단정히 앉아 붉은 면사 사이로 조심조심 눈동자를 굴리고 있었다.

열차가 태극기를 상징하듯 붉고 푸른 기와를 인 2층의 한양 역사를 빠져나오자, 선로 옆에는 환영 나온 수만 인파가 손에 든 태극기를 열심히 흔들며, 태어나 처음 보는 괴상한 놈을 구경하느라 넋을 빠뜨리고 있었다.

그렇게 조금 지나자 이 또한 익숙한 풍경이 되었고 관록의 태황태후는 연도변의 백성들을 향해 손을 흔드는 여유까지 보였다. 그것도 잠시, 갑자기 열차가 강물 속으로 뛰어드는 듯하자 열차 내에서 일시에 비명이 터져 나왔다.

"으악!"

"엄마야!"

한양 역에서 인천 역까지 38㎞의 노선 중 가장 난공사였던 한양 철교를 열차가 지나는 중이었다. 공사상의 어려움을 감안해 지금의 한강 인도교처럼 노들섬을 경유해 가설된 철교였다.

베세머 전로법이 발명되어 우수한 품질의 철이 쏟아져 나옴에 따라, 영국이나 프랑스에 철교가 대거 놓이고 에펠탑이 출연할 수 있는 것과 같이, 조선은 이미 그 자격을 충분히 갖추었다.

게다가 트러스트 제작 과정에서도 대형 볼트와 너트를 공작 기계로 깎아 시공함에 따라, 그 신축성으로 인해 더 많은 하중을 견딜 수 있었다. 단지 흠이라면 너트가 풀리지 않았는지 수시로 점검해야 하는 번거로움이 있었던 것이다.

아무튼 곧 안전함을 확인한 태황태후가 갑자기 최 상궁을 시켜 황제 바로 건너편 좌석에 담담히 앉아 있는 병호를 불렀다.

"마마께서 부르십니다."

"알았소."

자리에서 벌떡 일어난 병호는 흔들리는 몸을 좌우 의자를 잡는 것으로 바로잡으며 태황태후의 곁으로 갔다.

"정말 고생이 많았소! 이 모든 것이 부총리의 작품이라면

서요?"

"정작 고생을 한 것은 혹한에도 멈추지 않고 공사를 감행한 인부들이고, 마마와 황제 폐하의 은덕이 있었기에 가능한 공사였습니다. 처음 내탕고를 열어주신 그 은혜가 빛을 발해 종당에는 이런 철마가 우리 조선 땅, 아니, 대한제국 땅을 누빌 수 있게 되었으니까요."

"호호호······! 참으로 듣기 좋은 소리로고. 그렇다니 이 늙은이도 매우 기쁘오. 하고 모처럼 질긴 목숨에도 감사하고."

"어인 말씀을. 백수하셔서 더 멋진 광경을 보셔야지요."

"그런 게 또 있을까?"

"저 넋을 잃고 지나가는 풍경을 구경하고 있는 청국의 목대인을 보십시오. 설마 우리 조선에 이런 날이 오리라고는 마마께서도 상상치 못하셨죠?"

"물론이오. 청국의 큰 대신이 놀라는 모습을 감추기 급급한 모습을 보니, 정말 격세지감을 금할 수 없소. 앞으로도 우리 어린 황제 보필 잘해주고, 이 나라, 이 사직을 잘 지켜주면 이 늙은이는 지하에서라도, 늘 우리 조카님에게 감사할 것이오."

진실로 감사를 표하는 태왕태후의 흐뭇한 모습을 보니 담대한 병호도 괜히 눈시울이 시큰해지는 것을 금치 못했다. 이를 감추듯 병호가 조금은 퉁명스럽게 말했다.

"황제 폐하의 보령 벌써 스물하나십니다."

"내 눈에는 여전히 더벅머리 어린 아이로 보이니, 어인 일인 줄 모르겠소."

"모든 것이 잘될 것이니, 너무 심려 마시옵소서! 태황태후마 마!"

"암, 그래야지. 내 부총리만을 믿으니 지금 같이만 쭉 해 주오."

"명심하겠사옵니다. 마마!"

이때 쪼글쪼글한 피부의 김 상선이 말없이 병호 곁에 다가 와 섰다.

이 모습을 본 태황태후 김 씨가 눈치를 채고 말했다.

"아무래도 황상께서 부총리께 하실 말씀이 있는 것 같소."

"불편하신 점이 있으시면 언제든지 말씀만 하시옵소서!"

"내 걱정 말고 어서 가보오."

"네, 마마!"

곧 병호가 황제 곁으로 다가가니, 그가 조금은 미안한 표정 으로 병호의 귓가에다 대고 속삭이듯 물었다.

"배가 고픈데 뭐 먹을 것이 없겠소?"

이에 바로 병호가 허리를 펴며 바짝 뒤를 따르며 최근접 경 호를 행하는 있는 신용석 대령에게 무언가 지시를 하려 할 때 였다.

갑자기 객차 문이 열리며 역무원 복장의 네 아가씨가 수레를 밀며 나타났다. 그리고 차례로 객차 안의 모든 요인들에게 무언가 한 보따리씩 나누어주기 시작했다.

이에 처음 받은 사람이 그 분홍빛 보자기를 풀어보니, 그 안에는 김밥 두 줄과 찐 계란 두 개, 약간의 노란 단무지, 양과자 열 개, 그리고 각각 식수와 술이 든 두 개의 도자기 병이 들어 있었다. 흠이라면 따라 마실 용기가 없는 것일 것이다.

어찌 되었든 황제도 흰 터럭을 날리며 분투한 김 상선의 충심에 의해, 남보다 빠르게 그 보따리를 받고 내용물을 풀어놓았다. 이 모습을 미소를 띤 채 바라보던 병호가 말했다.

"원래는 푸짐한 잔치 음식을 준비하는 것이 도리이겠으나, 황상 이하 모든 분들께 이것이 열차 안에서 파는 음식이라는 것을 보여주기 위해 똑같은 내용물을 준비했습니다. 황상!"

"하면 열차를 탄 손님은 누구든 돈만 있으면 이것을 사먹을 수 있다는 말 아니오?"

"그렇습니다, 황상!"

"하하하……! 참으로 좋은 세상이로고!"

대소하며 감탄하던 황제가 돌연 무슨 생각이 들었던지 반쯤 몸을 일으켜 뒷좌석을 살피며 말했다.

"배고플 텐데, 황후도 어서 드시오."

"네, 황상!"

김 황후가 간신히 답을 하고 지금껏 꼭 끼고 있던 보따리를 풀려 하는데, 하필 너무 단단히 매었는지 잘 풀어지지가 않았다.

이에 처음 배정된 궁녀가 자신의 실태를 깨닫고 얼른 손을 쓰기 시작했다. 그 모습을 본 황제가 다시 자세를 원위치하며 역시 작은 소리로 물었다.

"인천에 가면 강화도의 모습을 볼 수 있을까?"

"아마 높은 산은 보일 것으로 사료되어집니다, 황상!"

"그렇군! 양순이도 잘 있는지 모르겠고."

"황상의 말씀을 듣고, 특별히 명을 내려 잘 보호하고 있으니 안심하시옵소서! 황상!"

"하하하……! 역시 부총리만이 내 마음을 제대로 헤아려 주는군."

"한잔하시겠습니까?"

"술도 있소?"

"한 병은 물이고, 한 병은 술이옵니다. 그것도 독한 소주이니 조금만 드시는 것이……."

"하하하……! 오늘같이 기쁜 날 안 취하면 언제 취하겠소."

황제의 이 말에 병호가 괜히 식전에 술을 권했다는 생각을 하면서도, 너무 기뻐하는 그 모습을 보니 지금 와서 말리기도 뭣했다.

"잔이 없는 것이 아쉽군!"

이 말에 곧 1회용 컵도 개발해야겠다는 생각을 하며 병호가 말했다.

"머지않아 따라 마실 종이로 된 용기도 함께 제공토록 하겠습니다."

"종이로 만들면 새지 않을까?"

"안 새도록 잘 만들겠습니다. 종이배가 물에 띄워도 금방 가라앉지 않는 이치와 같이, 종이컵도 험, 험, 충분히 제작 가능할 것이옵니다."

"컵?"

귀는 밝아서 병호가 무의식중에 뱉은 영어를 원범이 용케 알아들었다.

"따라 마실 수 있는 잔 같은 용기를 서양 말로는 컵이라 하옵니다. 황상!"

"그렇군."

이때였다.

뻥……!

갑작스러운 큰 소음에 경호대가 이리 닫고 저리 닫는 가운데 황제도 놀란 얼굴로 중얼거렸다.

"거, 소리 한번 크군!"

황제가 삐죽이 튀어나온 코르크 마개를 뽑는 바람에 요란한 소리가 나 주변을 긴장시켰던 것이다.

1892년이나 되어야 이 세상에 모습을 드러내는 왕관 모양의 병뚜껑을 만들라 지시했으나, 아직 거기까지는 이르지 못해 오프너가 먼저 제작되어 나온 이상한 현실의 나라가 되었다.

곧 여기저기서 뻥뻥 소리가 나고, 이를 뽑지 못한 여인들이 구원을 청하는 가운데, 병호도 황제 맞은편이자 김좌근 옆인 자신의 자리로 돌아와 배정된 보따리를 풀어 술병을 꺼내 들었다.

그리고 마개를 뽑아 들고 김좌근에게 말했다.

"각하께서도 한잔하시죠?"

"그럴까?"

그제야 그도 보따리를 풀며 병을 꺼내 코르크 마개를 뽑아내었다.

이에 병호가 가볍게 도자기 병끼리 부딪치자 맑은 음향이 일어 기분을 좋게 했다. 곧 병호가 고개까지 젖히고 병나발을 불자 좌근도 따라하며 한 모금을 마시고는 갑자기 컥컥거렸다. 곧 진정한 좌근이 괴성을 질렀다.

"아니, 물이잖아?"

"하하하……! 술이라고 생각한 것이 물이니 사레가 들리신 모양이군요. 아니, 여자들은 원치 않는 술을 마시는 것 아니야?"

이에 병호가 긴급 육성 방송을 시작했다.

"주목! 주목하세요, 주목!"

병호의 외침에 모든 시선이 그에게 쏠렸다. 그러자 병호는
자신이 들고 있는 병을 흔들어 보이며 말했다.

"이 청자빛 도자기에 든 것이 술이고, 백자에 든 것은 물이
니 가려서 마시기 바랍니다."

병호의 고지에도 조선말을 알아듣지 못하는 몇몇 대사나
영사가 통역을 부탁했고, 이에 동승한 역관들이 한동안 돌아
다니며 수고를 해야 했다.

이런 촌극 속에 달리고 달린 철마는 마침내 인천역에 도착
해 멀리 푸른 바다를 마주하게 되었다.

＊　　　＊　　　＊

다음 날도 병호는 인천행 열차에 몸을 실어야 했다. 다시
임신을 한 본부인 순영이야 그렇다 쳐도, 어디서 이야기를 들
었는지 지홍의 등살에 도저히 견딜 수 없어, 채 삼 개월이 되
지 않은 순영까지 함께 다시 열차에 오르게 된 것이다.

그 바람에 본의 아니게 도리이 요조의 면담을 거절하게 되
었다. 아무튼 이 과정에서 병호는 조른 지홍에게 보복이라도

하듯 물이라 속이고 술을 마시게 하니, 그녀 역시 사례가 들려 한동안 켁켁거리는 모습을 연출했다.

이날 오후.

병호는 자신의 집무실에서 이상적을 배석시킨 가운데 도리이 요조와 또 한 명, 요시다 도라지로(吉田寅次郞)라 불리는 스물두 살의 청년과 마주하고 있었다.

이 청년이 사절 중 다른 사람을 제치고 요조의 옆자리를 꿰차게 된 것은, 그가 접하면 접할수록 명석한 두뇌에 장래가 촉망되는 청년이라는 생각이 들었기 때문이다.

애초 그는 사절단에 낄 처지도 못 되었다. 그러나 평소 친분이 있던 그의 스승인 사쿠마 쇼잔(佐久間象山)의 간절한 청을 뿌리치지 못해 동행한 것이 이 자리까지 함께하게 된 것이다.

여기서 스승이나 제자 모두 중요한 인물이므로 잠시 소개하고 넘어가면 이렇다. 사쿠마 쇼잔은 에도 시대의 사상가로, 처음에 그의 학문은 한학과 유학에 치중되어 있었으나, 아편 전쟁에서 청나라가 패했다는 소식을 접하고 큰 충격을 받아 서양 문물을 연구하기 시작했다.

더 나아가 쇄국 양이를 비판하는 한편 일본의 적극적인 세계 진출을 주장했다. '동양의 도덕, 서양의 기술'이라는 취지를 내걸고, 서양의 문화를 어떻게 수용할 것인가에 대한 논리를 제시한 인물이었다.

훗날 요시다 쇼인(吉田松陰)이라 불리는 요시다 도라지로는 에도시대(江戶時代)의 존왕파(尊王派) 사상가이자, 교육자로 메이지유신(明治維新)의 정신적 지도자이자 이론가다.

'유수록(幽囚錄)'이라는 저서를 통해 정한론(征韓論)과 대동아공영론(大東亞共榮論) 등을 주창하여, 일본의 제국주의 팽창에 큰 영향을 끼친 인물이 그인 것이다.

아무튼 금년 56세의 도리이 요조를 맞아 수인사가 끝나자 병호가 물었다.

"그래, 그간 대한제국을 돌아본 소감이 어떠시오?"

"한마디로 조선의 놀라운 발전에 큰 충격을 받았습니다. 상관장 요시요리(宗義和)의 보고조차 많이 누락되었다는 것에, 충격이 더 컸는지도 모르겠습니다. 각하!"

"행간을 짚어보면 막부에서도 조선의 발전을 어느 정도는 알고 있었다는 말로 들리는데요?"

"물론 상관장이나 에도 상인들의 말을 듣고 조선에 대해 어느 정도는 알고 있었습니다만, 저부터도 솔직히 조선을 무시하는 마음이 있었기 때문에 크게 신경 쓰지 않고 있었죠. 그러나 조선을 돌아본 결과는 한마디로 우리가 패한 것이 극히 정상적이라는 생각이 들었습니다."

"좋소. 문제는 앞으로의 양국 관계인데, 어찌하면 좋을 것 같소? 한바탕 전쟁을 치르고 새판을 짤까요? 아니면……."

이 대목에서 도리이 요조가 급히 손을 내저으며 끼어들었다.

"빈말이라도 그런 말씀 마십시오. 전쟁이라니요? 양국의 관계를 더욱 긴밀히 하고, 신사유람단(紳士遊覽團)이라도 파견하여 후생들부터라도 똑바로 가르치고 싶습니다. 제 청을 들어주시겠습니까? 각하!"

이 말을 들은 병호로서는 벅차오르는 감회를 금할 수 없었다. 1881년 조선이 왜의 선진 문물을 배우고자 파견한 이 단체가 신사유람단인데, 이것이 지금은 상황이 거꾸로 되어 그들이 우리에게 배움을 청하니, 어찌 감회가 새롭지 않겠는가.

그러나 그들의 진면목을 잘 알고 있는 병호로서는 잠시 고심하지 않을 수 없었다. 하지만 이내 결심을 굳히고 말했다.

"나는 양국의 발전을 위해 보다 근본적인 해결책으로 귀측의 유학생 파견을 더 원하오."

"그야 우리로서는 더 환영할 일이죠. 얼마의 규모면 되겠습니까?"

"젊은이로 제한하되, 50명 내외면 좋겠소."

"알겠습니다."

"헌데 좀 이상하오? 듣기에 단장께서는 강력한 쇄국론자로 알고 있는데, 하루아침에 태도가 이렇게 돌변할 수 있는 것이오?"

"양이들보다 조선이 이렇게 발전한데 너무나 큰 충격을 받은 것도 있지만, 그보다 양이들은 먼 창이라 생각되는 반면에, 조선은 바로 눈앞의 칼이기 때문에 솔직히 좀 거친 표현입니다만, 먹힐까 봐 똥줄이 다 탑니다."

"하하하……!"

"하하하……!"

이상적과 병호 두 사람이야 대소를 터뜨리지만, 둘은 결코 웃을 수 없어 여전히 표정이 돌덩이처럼 굳어 있었다.

그런 둘을 보자 병호는 내심 더 놀리고 싶은 충동이 들어 원역사에서 정한론과 대동아공연론을 주창한 요시다 도라지로를 보고 물었다.

"만약 우리가 일본을 정복해 동양제국을 무력 점령하는 선봉군으로 세울 의향이 있다면 이를 어찌 생각하나?"

"천부당만부당한 일이옵니다. 각하!"

"하하하……! 왜 그렇지?"

"어찌 가까운 이웃끼리 그런 발상을 할 수 있습니까?"

"하하하……! 나는 되고 남은 안 된다는 생각인가?"

"무슨 말씀인지……?"

정말 이해를 못했는지 어벙벙한 표정의 요시다 도라지로에게 병호가 정색을 하고 말했다.

"우리 임진왜란 때를 한번 생각해 보자고, 아니, 일본에서는 임진왜란을 '문록(文祿)의 역(役)'이라고 한다지? 아무튼 그때를 다시 한번 상기해 보자고. 길을 빌려 명을 치겠다는(仮道伐明) 말도 안 되는 명분을 앞세워, 조선을 침략해 도공을 강제로 끌고 간 것은 백번 양보하여 그렇다 쳐도, 죄 없는 백성들의 코와 귀까지 잘라 코 무덤을 만드는 등의 그 야만성에 대해서는 어찌 생각하고 있는지 듣고 싶군."

"그야……!"

당황한 표정의 요시다 도라지로가 한숨을 내쉬며 말했다.

"당하는 입장에서 보면 분통이 터지는 정도가 아니라, 이가 갈릴 정도의 원한으로 복수심이 생길 것 같습니다."

"헌데 일본은 어찌 가까운 이웃끼리 그런 일을 행할 수 있었는가?"

"끙……!"

신음은 도리이 요조가 토하고 요시다 도라지로는 멍한 표정으로 창문에 시선을 주고 있었다. 반면에 이상적은 통쾌한 표정으로 은근한 미소를 짓고 있었다.

아무튼 잠시 그렇게 멍한 표정이던 도라지로가 침통한 표정으로 답했다.

"그때를 생각하면 일본이 참으로 잘못했다는 생각이 듭니다. 하지만 그런 일로 오늘날에 와서 복수를 계획하는 것은 군자의 도리가 아니라고 생각합니다."

"하하하……! 말이라고 잘도 지껄이는군. 자네의 생각이 너무 일방적이라 생각하지 않는가? 용서는 우리가 생각할 일이지 가해자가 지금 와서 '군자의 도리' 운운할 성격은 아니라고 생각하는데?"

"끙……!"

"각하의 말이 맞습니다. 다만 우리 일본으로서는 아량을 베풀어 서로의 불행한 역사가 되풀이 되지 않기를 바랄 뿐입니다. 각하!"

도라지로는 괴로운 신음을 흘리며 말이 없고, 요조의 말에 병호가 고개를 끄덕이며 말했다.

"나 또한 그런 생각으로 유학생을 받아들이려 하니 너무 걱정 마오. 하지만 만약 일본에서 정한론(征韓論) 등 어쩌고저쩌고 하는 말이 나오면, 그때는 정말 용서치 않겠소. 아예 일본 종족의 씨를 말릴 정도로 수탈과 민족 말살 정책을 자행해, 우리가 받았던 고통의 천 배 만 배 그 이상의 고통을 되돌려 줄 테니까!"

광기까지 뿜어내며 열변을 토하는 병호의 모습을 보고 둘은 오싹 소름이 돋는 공포를 느꼈다. 이렇게 분위기가 무거워지자 이상적이 때맞추어 나섰다.

"자, 자… 각하의 말씀은 선린이 바탕이란 말씀입니다. 그러니 양국이 서로 잘해 정말 좋은 이웃으로 거듭납시다."

"물, 물론 그래야겠지요."

이상적의 말에 비로소 공포에서 깨어나 맞장구를 치는 요조의 입가에는 가는 경련이 일고 있었다. 충격이 상당했던 모양이었다. 도라지로 역시 별반 다르지 않아 여전히 멍한 표정이었다.

분위기가 이렇게 되니 더 이상의 대화는 무의미하다고 판단한 병호가 먼저 자리를 박차고 나가고, 이상적은 남아 둘을 다독거렸다.

*　　　*　　　*

겨울의 끝자락 봄이 멀지 않은 섣달그믐.

이 해가 다 가기 전에 마무리 짓고 싶은 일이 있어 병호는 태황태후 김 씨가 거처하고 있는 대조전을 찾아들었다.

병호가 대조전 뜰에 발을 들여놓으니 밤새 내린 많은 눈으로 이곳 역시 일대가 설국(雪國)이었지만, 날씨는 오히려 한겨울답지 않게 포근해 전각 지붕에 쌓인 눈이 녹아내리며 낙숫물이 뚝뚝 떨어지고 있었다.

병호가 이렇게 주변 풍경을 감상하고 있는 동안 그를 발견한 궁녀가 태황태후에게 통보를 했는지, 전각문이 활짝 열리며 김 씨가 몸소 문을 열고 나와 병호를 청했다.

"왔으면 들어올 것이지, 거기서 뭐 하고 있소?"

"강녕하셨사옵니까? 마마!"

"그만저만 하다오. 찬바람 들어오니 어서 들어오오."

"네, 마마!"

곧 섬돌 위로 올라 신발을 벗고 안으로 들어서니 전각 내에 온기가 별로 없었다. 그래서 병호가 난롯불이 피워졌는지 다가가 확인하니 불기운이 전혀 느껴지지 않았다.

"아니, 고뿔이라도 걸리면 어쩌시려고 이렇게 춥게 지내십니까?"

"여기 있잖소."

그녀의 말에 병호가 태황태후가 앉아 있는 보료 주변을 자세히 살피니, 그녀 앞에는 청동제 화로 하나가 덩그러니 놓여 있었다.

"그래도 그렇지, 이제 석탄광이 많이 개발되어 민가에서도 조개탄을 많이 사용하고 있는 판인데……."

"내 걱정 그만 하고, 무슨 일로 왔는지 그부터 들려주오."

"네, 마마!"

병호가 곧 그녀 가까이 다가가자 김 씨가 새삼스럽게 부젓

가락으로 불씨를 헤집어 온도를 높이려 하나, 병호가 보아하니 이 역시 불기운이 거의 없었다.

이에 병호가 그녀 앞이거나 말거나 저만치 고개 조아리고 있는 궁녀들을 향해 소리를 질렀다.

"어서 난로를 피우지 못할까?"

"네, 네……!"

궁녀들이 태왕태후의 눈치를 보며 뒷걸음질로 사라지는 것을 보고 김 씨가 웃으며 말했다.

"이렇게 성화니 불을 피우도록 해라!"

"네이, 마마!"

그제야 완전히 표정이 살아난 궁녀들이 잽싸게 전각을 빠져나갔다.

"그래, 무슨 긴한 일이라도 있소?"

"다름 아니오라, 황상의 후궁 문제에 대해 상의를 드리려 합니다."

"후궁? 아니, 아직 신혼 초라 할 수 있는데 황상이 벌써 후궁 타령을 하고 있는 것이오?"

"그게 아니오라, 강화도 잠저에 계실 때 사랑하던 처자가 있었던 모양인데, 종내 그 처자를 잊지 못하시는 것 같사옵니다."

"그 이야기는 나도 얼핏 들은 기억이 있소. 그래서 부총리의 말은 그 처자를 궁으로 들이자는 것이오?"

"그렇사옵니다. 마마!"

"그건 안 될 말이오. 근본도 없는 여염집 여식을 어찌 함부로 궁으로 들인단 말이오?"

강하게 반대하는 김 씨인 만큼 그에 맞춰 병호도 간곡하게 설득해 나갔다.

"물론 마마님의 말씀이 옳기는 하나, 궁녀들이 대저 그렇듯이 궁으로 데려와 일정기간 교육을 시킨다면, 꼭 못할 일도 아니라 생각하옵니다. 이는 황상의 정신 건강에 관한 일로 꼭 그렇게 되었으면 하는 바람을 소신은 가지고 있사옵니다."

"정신 건강이라니? 듣다 듣다 그런 말은 처음 들어보오."

"마마, 상사병(相思病)이라는 병명이 괜히 있는 것이 아니듯. 지나친 그리움은 정신을 피폐케 해 종당에는 육체에도 악영향을 미칠 것인즉, 이는 의원이 아니더라도 능히 짐작할 수 있는 일. 마마님의 관대한 처분이 있길 고대하옵니다. 마마!"

"정녕 황상이 그 지경까지 간 것이오?"

"신에게 간절히 호소한 적이 있고, 머지않아 그런 증상이 나타날 것으로 신은 보고 있습니다."

"허허, 거참……!"

한탄하며 잠시 생각에 잠겼던 태황태후 김 씨가 말했다.

"후궁 하나가 뭐라고. 정녕 그 지경까지 가면 큰일이므로 종사의 안위를 위해서라도 부총리의 청을 들어주어야겠구려. 아니, 황상의 청이겠지……."

끝내는 중얼거리듯 말하곤 천장에 눈길을 주는 63세 노파의 눈에는, 먼저 간 부군과 아들, 손자생각까지 일시에 몰려오는지 곧 그녀의 눈가에 물기가 고이기 시작했다.

그런 그녀를 잠시 물끄러미 바라보던 병호가 물었다.

"강화도로 사람을 보내도 되겠사옵니까? 마마!"

"뜻대로 하세요. 나에게 더 이상 묻지 말고."

화를 내는 듯한 말투의 김 씨를 보고 병호가 불경스럽지만 물었다.

"화나셨습니까? 마마!"

병호의 물음에 급히 손을 내저으며 그녀가 말했다.

"화가 나긴 났지. 모두 다 날 두고 뭐 그리 바쁘다고, 손자 놈까지 내 곁을 그렇게 서둘러 떠났는지, 원!"

"괜히 소신이 찾아와 옛일을 떠올리게 한 모양입니다, 마마!"

"호호호! 괜찮아요, 괜찮아! 이 늙은이도 머지않아 그들의 뒤를 따를 텐데요, 뭐!"

"무슨 그런 말씀을……!"

"오는 백발을 금도끼로 막을 손가, 은도끼로 막은 손가. 이미 수(壽)는 다 정해져 있는 것. 요즘 종종 드는 생각인데 이 제 나도 살 만큼 살았고, 내 수 또한 얼마 남지 않았을 것이라 는 생각이 요즘 갑자기 더 든다오."

"소신이 보기에 마마께서는 거짓말이 아니라 최소 10년은 무난히 더 사실 것 같사옵니다."

"그렇게나 많이? 늙은이가 그리 오래 살아서 뭐 하게. 괜히 주변 사람에게 폐만 끼치지. 호호호……!"

좋아하는 그녀를 보며 병호는 내심 생각하고 있었다. 실제 그녀의 수명은 채 6년이 남지 않았다. 그렇다고 이를 곧이곧 대로 고해 기분 상하게 하는 것보다 넉넉히 이야기해 그녀의 기분을 고양시키는 것도, 나름 좋은 일이라 생각하며 그의 생 각이 이어졌다.

길어야 앞으로 6년이니 양순인가 뭔가 하는 처자를 내락 받은 대로 일단 궁으로 들여놓고, 그녀의 지위에 대해서는 더 이상은 관여하지 않을 생각이었다.

둘이 궁녀가 되었든 뭐가 되었든 좋아 살면 되는 것이고, 정 그녀의 벼슬을 높여주고 싶으면 태황태후 사후 얼마든지 가능한 일이었기에, 더 이상은 간섭할 생각을 접은 것이다.

"왜 말이 없소?"

"아, 네! 날이 풀리면 인왕산의 행궁이라도 다녀오시는 것이 어떠신지요?"

"호호호……! 그것도 좋지요. 더 늙어 걸을 기운도 없기 전에, 다닐 곳이 있으면 부지런히 다녀보는 것도 좋겠지요."

"그때가 되면 소신도 불러주십시오. 소신이 직접 마마의 가마를 메고, 아니, 호종 별배가 되어 '물럿거라!'를 외치며 길을 열 테니까요."

"호호호……! 말씀만이라도 고맙소. 조선 천지에서 제일 바쁜 분을 내 어찌 앞장세우리까! 호호호……!"

이때 전각문이 소리 없이 열렸다. 그리고 젊은 내관을 앞세운 궁녀들이 불쏘시개와 조개탄을 들고 들어오는 것을 보고 병호가 말했다.

"소신 이만 물러갈까 하옵니다. 너무 아끼지 마시고 따뜻하게 겨울 나시고, 행궁 나들이에는 불러만 주십시오. 거짓이 아니라 함께 명월관으로도 한번 모시고 싶사옵니다. 마마!"

"참, 그곳에 가면 사내들의 볼거리가 무척 많다고 들었는데, 아녀자들도 볼 것이 있는가?"

"왜 없겠습니까? 부채춤이며 장고 춤, 사당패 놀이, 마술, 만담, 불꽃놀이 등 온갖 볼거리들이 넘쳐납니다. 마마!"

"호호호……! 오늘 틀림없이 약조한 거예요?"

"네, 마마! 봄이 찾아오면 꼭 한번 모시도록 하겠사옵니다."

"좋아요. 그때를 손꼽아 기다리도록 하죠."

"그럼, 소신 이만 물러가겠사옵니다. 마마!"

"그래요. 젊다고 너무 등한히 하지 말고, 지금부터라도 건강 잘 챙기도록 하세요."

"명심하겠사옵니다. 마마!"

허리 굽혀 예를 표하고 대조전을 벗어나자마자 병호는 곧장 경복궁을 찾아 양순의 일을 그대로 전했다.

이에 뛸듯이 기뻐하는 황제 원범을 보니 병호는 괜히 황후 김 씨에게 죄를 짓는 기분이 들어 기분이 묘했다.

*　　　*　　　*

신년 하례가 끝나고 다시 본격적인 정무가 시작되었는데, 이상적의 방문이 있었다. 곧 그가 보고하길 지금 강화도에는 왜의 유학생 50명이 들어와 한양 입성을 신청해 왔다는 것이었다.

그리고 이상적이 명단을 보여주는데 그 가운데는 역사적 지식으로 자신도 잘 아는 인물도 꽤 있었다. 요시다 쇼인(吉田松陰)으로 개명한 요시다 도라지로라든지, 사카모토 료마(坂本龍馬) 등.

그밖에도 사다 하쿠보(佐田白茅), 후쿠자와 유키치(福澤諭吉), 이와쿠라 도모미(岩倉具視), 오쿠보 도시미치(大久保利通), 사이고 다카모리(西鄕隆盛), 기도 다카요시(木戸孝允), 고지마 고레카타(児島惟謙) 등 장차 친한파로써 일본을 개국시켜 대한제국의 정책에 적극적으로 협력할 인재들이 상당수 포진되어 있었던 것이다.

제2장
5년 후 대한제국(1857)

그로부터 약 5년이 흐른 1857년 1월 1일.

원단(元旦)을 맞아 황제 원범은 태황태후와 황태후 등에게 축수의 글을 올리고 옷감 등을 선물했다. 그리고 내각의 전 대신들의 하례(賀禮)를 받고, 흉악범을 제외한 대한제국 전 죄 수들에게 일대 사면(赦免)을 반포하였다. 그러나 관료나 정치 범은 여기서 배제되었다.

병호 역시 단배식(團拜式)에 참석해 황제로부터 술 한잔을 얻어 마셨으나 이것이 끝이 아니었다. 설날이라고 그를 찾아 오는 내방객들이 수없이 많았다. 그러나 병호는 모든 사람의 내방을 금함은 물론 선물 또한 일절 받지 못하도록 했다.

그러나 단 하나 예외가 있었으니 그의 비서들이었다. 오경석, 유대치, 박제경, 유숙, 최익현 등이 그들이었다. 위의 명단을 보아 알 수 있듯, 전 비서였던 화원 전기가 빠진 것을 알 수 있을 것이다.

그는 그의 명대로 4년 전 스물아홉 젊은 나이에 요절을 하고 말았다. 그래서 같은 화원으로 어려서부터 병호의 집에서 성장한 화원 유숙을 대신 비서로 들였다.

최익현 또한 1년여 동안 구미 열강은 물론 미국까지 널리 돌아보고 난 후, 새롭게 각성해 그때부터 비서진에 합류해 현재에 이르고 있었다. 아무튼 병호는 이들의 하례를 받고 함께 술을 마시고 있었다.

이때 장쇠의 목소리가 들려왔다.

"나리!"

"무슨 일이냐?"

"하옥 대감께서 사람을 보냈는데요?"

"무슨 일로?"

"잠시 다녀갔으면 한답니다."

"알았다."

답은 했으나 병호로서는 고개를 갸웃하지 않을 수 없었다.

오늘 단배식에 함께 참석을 했지만 그때까지만 해도 아무런 말이 없다가 갑자기 청하는 것이 좀 이상했기 때문이었다. 그래도 명색이 총리의 부름인데 안 갈 수 없어, 병호는 자리에서 일어나며 다섯 명의 비서를 보고 말했다.

"내 잠시 총리 각하의 사저에 다녀올 테니, 내가 올 때까지 마시고 있어. 술이 부족하면 더 청하고."

"주인도 없는데 우리끼리……."

유대치의 말에 병호가 얼굴을 굳히며 얼렀다.

"아직 술이 부족하다. 알았어?"

"네!"

"다녀오십시오."

금년 병호의 나이 이제 31세. 그와 동갑이자 비서들 중에는 가장 나이가 많은 유숙의 싹싹한 말에, 병호는 고개를 끄덕이며 그대로 방문을 열고 마당으로 나왔다.

그곳에는 오늘도 번을 서고 있는 신용석이 있었다. 강경에서부터 함께한 검계 출신으로, 그 충성심이 한결같아 높이 사고 있는 인물이었다. 여전히 자신의 특채로 부여한 대령 계급에 머물러 있으나, 경호실장 역을 하고 있는 그를 보고 병호가 말했다.

"오늘 같은 날은 부하들에게 맡기고 좀 쉬지 그러오."

"아닙니다. 각하! 제게는 오직 각하가 전부이고, 대한제국으로 보아도 각하가 전부일 것입니다. 만약 각하가 잘못되면 대한제국도 더 이상 존재하지 못할 겁니다."

"하하하……! 정초부터 너무 추켜세우는 것 아니오?"

"제 진심입니다."

"알았소, 알았어. 하옥 대감의 집에 가봅시다."

"모시겠습니다."

말과 함께 신용석이 앞장을 서는데 어느 부한들 태만할 것인가. 2개 분대가 좌우로 병호를 에워싸며 김좌근의 집으로 향했다. 지척지간이니 곧 그의 방에 든 병호는 깜짝 놀랐다.

상당히 술에 취한 모습이었기 때문이다. 그래서 병호가 급히 물었다.

"무슨 일이 있었습니까? 각하!"

"일단 거 앉아요."

"네, 각하!"

모습은 상당히 흐트러졌어도 정신은 올바른 것 같아 병호는 내심 안도의 한숨을 내쉬었다.

"오늘 내가 부총리를 새해 벽두부터 부른 것은 다름 아닌 내 결심을 전하기 위해서요."

병호가 굳은 표정으로 말없이 듣고 있자 그의 말이 계속되었다. 아니, 물었다.

"둘 다 꼭두각시는 마찬가지지만, 황제는 그렇다 쳐도, 나는 언제든지 사임할 수 있는 것 아니오?"

"무슨 말이 그렇습니까?"

"세상이 다 아는 일을 부총리만 부정하려는가?"

정색을 하고 역정을 내는 김좌근 때문에 병호로서도 더 이상 할 말이 없었다. 그 모습을 본 좌근이 피식 실소를 흘리며 말했다.

"그래서 오래전부터 생각해 온 것인데, 나를 하와이나 수마트라 등의 총독으로 보내주시오. 그런 곳에서 한가하게 일생을 마치고 싶으니까."

"진심으로 하시는 말씀입니까?"

"오래전부터 생각해 오던 것을 작년 연말에 수마트라 점령이 완전히 끝났다는 말을 듣고 결론을 내렸으나, 쉽게 입이 떨어지지 않아 지금에 와서야 말하는 것이오. 물론 부총리께서 오해가 없으시길 바라오. 나도 내 주제를 잘 알고 있었으니까. 실제는 부총리가 총리를 맡아 실세 총리가 되어야 했지만, 나와 우리 김문과의 약속에 얽매여 표면적이나마, 나를 내각의 수장으로 세운 것을 잘 알고 있소. 그런데 이것이 나에게는 어울리지 않는 옷이 되어 그간 나를 무던히도 괴롭혔거든. 휴……!"

이 대목에서 긴 한숨을 내쉬며 천장을 바라보며 눈을 껌뻑껌뻑하던 그가 이내 담담한 얼굴로 돌아와 말을 이었다.

"그러니 내 속이 어떤지는 부총리가 잘 알 것이오. 하지만 부총리에 대한 원망은 전혀 없소. 왜냐? 부총리가 없었으면 우리 조선이 이렇게 발전했겠소? 절대 아닐 것이오. 나 또한 이것을 잘 알고 있으니 원망도 할 수 없었소. 그렇다고 부총리가 처음의 약속을 배신하고, 우리 문중을 홀대한 것도 전혀 아니고. 이러니 내가 누구를 원망하며 내 속을 털어놓을 수 있었겠소? 내 진정한 마음을 알았으면 내 뜻을 받아주오. 그전에 내 한 가지 부탁할 것이 있소."

"말씀하시죠."

"병기를 내각에 중용해 주시오."

좌근이 이런 말을 하는 것은 끝내 그는 슬하에 손이 없어, 김병기(金炳冀)를 4년 전 정식으로 아들로 입적시킨 바 있었다.

"오랜 세월 저를 지켜보셨으니 저에 대해 누구보다 잘 아시겠지만, 아무리 각하의 뜻이라도 병기가 재능이 없었다면 절대 부탁을 들어드리지 않았을 겁니다. 하지만 제가 보는 눈으로도 인재이니 더욱 다듬어 보겠습니다."

"고맙소!"

그제야 빙그레 웃음을 짓는 좌근이 새삼 다시 보이는 병호였다. 그의 나이 올해 61세로 환갑을 맞는 해였기 때문에, 그간 많이 늙었다는 것을 절감했기 때문이었다. 그래서 병호가 말했다.

"정 그러실 생각이라면 제 생각에는 수마트라보다는 사시사철 온화한 하와이가 좋겠는데, 각하의 뜻은 어떻습니까?"

여기서 병호가 이런 말을 하는 것은 일본과의 전쟁이 없다고 판단되자, 예정대로 1852년 봄에 괌, 마셜군도, 하와이 제도 등을 2년여의 원정 끝에 대한제국의 영토로 편입시킨 바 있었다.

그래서 이곳이 모두 행정구역상 일개 도(道)로 편입되었던 것을 작년 수마트라섬의 완전 정복을 기점으로, 반도에 붙은 땅이나 지근거리의 섬만 직속 영토로 하고, 거리가 멀리 떨어진 곳은 총독 체제로 전환하면서 대한제국도 연방 국가로 일대 전환을 했다.

아무튼 병호의 말에 좌근이 잠시 생각에 잠겼다 말했다.

"나를 배려해 그런 말을 하는 것을 내 어찌 물리치겠소. 부총리 뜻대로 하시오."

"알겠습니다, 각하!"

"내 모레 황상께 사임의 뜻을 전할 것이오. 하니 그동안 내 각 구성을 미리 하라고 이렇게 새해 벽두부터 부른 것이라오."

"알겠습니다, 각하!"

"술 한잔하시겠소?"

"아닙니다. 기다리는 사람이 많아서……."

"무슨 손님? 내방객을 명절마다 거절하는 것으로 아는데,

내가 잘못 본 것이오?"

"비서들입니다."

"그러면 그렇지. 하하하! 알겠소. 그럼, 어서 가보시오."

"네, 각하!"

"그 호칭을 들을 날도 이젠 얼마 남지 않았구료."

"총독도 각하라는 호칭을 쓸 겁니다."

"하하하! 그런가? 하하하! 어서 가보시오."

"네, 각하!"

총리직을 내려놓으니 홀가분한 듯 웃음이 많아지는 그를 보고, 차라리 그의 제안대로 처리된 것이 잘 됐다는 생각을 하며 병호는 자신의 집으로 향했다. 곧 집으로 돌아온 병호는 만인의 기대를 저버리고 유숙을 시켜 자신이 설명하는 대로 그림을 그리도록 했다.

그리고 비서들도 들으라는 듯 자신이 그리게 하는 그림의 용처를 자세히 설명했다. 병호가 유숙에게 그리게 하는 것은 모두 고무와 관련 있는 제품들이었다.

수마트라가 완전한 대한제국의 영토가 된 것도 물론 영향이 있었지만, 그보다는 이제 고무나무가 경제성이 있을 정도로 널리 식재되고 라텍스를 쏟아냄에 따라, 아직까지는 세계 그 어느 나라에도 생산할 수 없는 고무 산업을 본격적으로 일으키려 하는 것이다.

그래서 병호가 그리게 하는 전부가 고무와 관련이 있는 제품들이었다. 제일 심혈을 들여 그리게 한 자전거를 필두로 리어카, 고무신, 인력거, 지우개, 벨트, 펌프에 들어갈 고무 부품 및 링 외에도 지금도 생산하고 있지만, 보다 다양한 고무호스 및 고무줄에 대해서도 자세히 설명을 해주었던 것이다.

*　　　　*　　　　*

1월 4일.

설을 맞아 삼 일을 쉬고 모두 출근한 오늘 아침부터 병호의 집무실로 황제가 보낸 대전내관이 찾아와 입궁할 것을 청했다. 이에 병호는 급히 의관을 정제하고 대전내관의 뒤를 따랐다.

병호가 경복궁 2층 황제의 집무실로 찾아드니, 그가 자리에서 벌떡 일어나 병호를 반갑게 맞았다.

"어서 오시오."

"강녕하셨습니까? 황상!"

"그래요. 거 앉으세요."

"네, 황상!"

병호가 어느 집무실이든 있는 현대식 소파에 앉자 황제 원범도 그의 맞은편으로 자리를 옮기며 미소로 친밀감을 표시했다.

"총리의 사임이 사전에 부총리와 논의된 것이라면서요?"

"그렇습니다. 황상!"

"하면 그 뜻을 받아들이고 새 내각을 꾸려야겠지요?"

"선정 중에 있습니다만, 아직 몇 자리는 고심을 하고 있는 중입니다."

"그래도 일단 총리의 사임을 발표하고 새 내각을 꾸리겠다는 것은 발표하는 게 낫지 않겠소?"

"내일 발표하는 것으로 하겠습니다."

"부총리, 아니, 이제 총리라 불러야겠지요. 총리의 뜻이 정 그렇다면 뜻대로 하세요."

"늦었지만 감축 드리옵니다. 황상!"

"무슨 말이오?"

"빈 마마의 회임을 감축드리는 것이옵니다."

"하하하… 난 또 뭐라고. 이제 겨우 두 달째라는데 많이 조심하라고 했소이다만, 촌에서 자라서 그런지 지금도 잠시도 쉬지 않으려고 하오. 거 있잖소? 부총리께서 석년에 후원에 설치한 온실에서 채소를 가꾼다고 난리라오."

지금 둘이 이야기하는 주인공은 강화도에 살던 원범의 첫사랑 양순에 대한 이야기였다. 그녀가 궁으로 들어와 일정 교육을 받은 후, 지금은 계속 품계가 올라 비(妃) 다음인 빈(嬪) 자리까지 올라 있었던 것이다.

물론 이를 아직 생존해 계신 태황태후는 못마땅해했지만, 예상보다 크게 역정을 내거나 하지는 않았다. 황후 김 씨에게 는 아직 손이 없는 관계로 원범에게는 첫 자녀의 회임 소식이 었다.

"그러고도 웃어른들의 꾸중을 듣지 않았단 말입니까?"

"하하하! 왜 아니겠소? 짐의 말은 전혀 듣지 않더니 원단에 태황태후마마께 세배를 갔다가, 심하게 꾸중을 들은 후로 요 즈음은 좀 자숙하고 있는 것 같은데, 앞으로도 죽 그럴런지는 짐도 잘 모르겠소. 그녀의 은인인 부총리께서 한마디해 주시 면 좀 나을 것 같은데 말이오."

"뵙는 기회가 있으면 그렇게 하도록 하겠습니다."

"자, 그건 그렇고. 요즘 너무 우리 대한제국이 고자세로 나 가는 것이 아닌지 우려스럽소. 청국과 틀어져 미국도 그렇고, 불란서까지. 일본하고도 소원하고. 주변 강국 모두 불편한 관 계이니 정녕 이래도 되는지 모르겠소."

"모두 뜻이 있어 그런 것이니 크게 심려하지 않으셔도 될 것 이옵니다. 게다가 더욱 강대해진 우리 군사력을 생각한다면 그들이 우리를 어찌 할 수 있는 것도 아니고요."

"그래도 짐은 걱정이 되오. 걱정도 팔자인지, 원!"

황제 원범의 농담 비슷한 말에 병호가 미소를 지으며 답했다.

"머지않아 하나하나 정리가 될 테니, 너무 걱정하지 마십시오. 정보부의 보고로는 그런 조짐들이 벌써부터 보이고 있습니다."

"짐이 뭘 알겠소. 단지 총리의 뜻대로 일이 잘 풀려 나가길 바랄 뿐이지."

병호가 자리에서 일어나며 확신에 찬 음성으로 답했다.

"모두 잘될 것입니다. 그러니 너무 걱정하지 마시옵소서! 황상!"

"하하하! 정녕 총리의 뜻대로 이루어지길……!"

화답하며 황제 원범이 문밖까지 병호를 전송했다.

1월 5일, 오전 10시.

총리의 사임이 발표되고 부총리 김병호가 신임 총리에 임명되어 새 내각을 조각할 것임을 궁내부에서 발표하였다. 그로부터 채 한 시진이 지나지 않아 공보처에서 새로운 조각 명단이 발표되었다.

그런데 막상 뚜껑을 열어보니 긴장했던 구 내각의 대신들이 안도의 숨을 뱉게 하는 소폭 개각에 그치고 있었다. 그 변까지 공보처에서 발표가 되었다. 기존 대신들이 열성적으로 대과(大過)없이 업무를 수행해 온 점, 또 업무의 연속성을 유지하기 위해서라는 조각 취지였다.

그 대신 부총리직을 한 자리 더 늘려 경제와 민생 부분을 별도로 챙길 수 있도록 하겠다는 발표도 있었다. 그리고 부총리에 오른 인물들이 먼저 발표되었는데 이래저래 깜짝 인사였다.

먼저 제1부총리가 발표되었다. 전 내무대신이자 현 내무대신을 겸직하게 된 이하응이었다. 이에 양반층과 부자들은 혹시나 하는 기대를 했다가 더욱 낙담할 수밖에 없었다.

서원 철폐 등 강력한 삼정개혁으로 전 양반층과 가진 자들이 치를 떨게 하던 그가 부총리까지 영전이 되었으니, 신임 내각이 어떠한 정책을 추구할지를 단적으로 보여주고 있었기 때문이었다.

다음으로 제2 부총리가 발표되었는데, 이 사람은 전국적 지명도에서 보면 거의 무명이나 다름없는 사람이었기에 세인들을 다른 면에서 놀라게 했다. 윤종의(尹宗儀)라는 인물로 금년 53세였다.

본관은 파평(坡平)으로 어려서부터 매우 총명해 6세 때 증조모 김 씨가 천자문과 당시(唐詩)를 가르쳤는데, 즉시 암송했다고 한다. 18세 때 생원시에 합격해 서부도사가 되었다. 이후 외직인 지방관으로 돌았는데, 가는 곳마다 선정을 베풀어 비석이 세워졌다.

효성이 지극해 간병할 때 1년이나 잠자리에 들지 않았다고 한다. 병(兵)·농(農)·율력(律曆)·도상(圖象) 등도 깊이 연구했으나 경전에 더욱 밝았으며, 예학(禮學)에 조예가 깊었다. 박규수의 친구이기도 했다.

어찌 되었든 윤종의는 제2부총리 겸 재무대신까지 겸직하게 되었다. 이는 전 대신 김문근이 황제의 장인이 됨에 따라 금번에 사임한 그를 대신해 재정 및 민생을 챙기는 중책까지 맡게 된 것이다.

이어 차례로 새로운 내각에 등용된 인물이 발표되었다.

농림대신: 김병기
궁내부대신: 남병철
총무처장: 최익현
대법원장: 서유영

전 농림대신이었던 정원용과 궁내부대신 이약우는 고령으로 경질된 경우였다. 금년 둘 다 75세로 업무를 추진하기에는 기력이 너무 쇠했다는 본인들의 자발적 용퇴를 병호가 수용한 결과였다.

그 대신 병호는 두 대신을 위무하는 차원에서 둘 다 기로소에 들게 하는 영광을 누리게 했으며, 정원용에게는 특별히 하나 더 축하할 일이 있어 황제의 하교(下敎)가 있었다.

"듣건대 농림부대신 정원용(鄭元容)의 회근(回巹: 혼인한 지 예순 돌)이 가까웠다고 하니, 매우 희귀한 일이다. 이원(梨園: 장악원)으로 하여금 2등악(二等樂)을 보내게 하되, 당일에는 승지(承旨)를 보내어 선온(宣醞: 어주 하사)하고, 잔치에 드는 비용과 안팎의 옷감, 음식물을 해조(該曹: 해당 부서)로 하여금 넉넉히 보내도록 하라."

어찌 되었든 두 사람을 대신한 농림대신 김병기(金炳冀)는 주지하다시피 김좌근의 양자이자, 문근(汶根)의 조카로 성격이 호방해 문근의 사랑까지 독차지하고 있는 인물이었다.

병주와 함께 염전의 감사로 그 직을 큰 과실 없이 수행한 바 있고, 좌근과 문근의 적극 추천으로 금번에 그 자리를 꿰차게 된 것이다. 또 한 명 남병철(南秉哲)은 익히 알고 있는 대로 처음부터 병호 편에 서서 조정의 돌아가는 소식을 알려주는 것은 물론, 그 후에는 총리 비서실장으로 좌근을 보필해 온 사람이었다.

금번에 연로한 이약우가 물러감에 따라 궁내부 대신을 맡게 된 것은 그의 전력과 무관치 않았다. 왕족인 동시에 야심만만한 이하응을 전격 부총리로 기용함에 따라, 황실의 감시를 더욱 철저히 할 필요성이 있어 그 자리에 기용된 것이다.

다음으로 총무처장에 기용된 최익현은 그의 강직성을 높이 산 병호가 인사에 공정을 기하기 위해 일약 부총리 비서에서 대신의 자리까지 진출시킨 인물이었다.

또 신임 대법원장에 기용된 서유영(徐有英)은 전 대법원장 서기순이 사망함에 따라 발탁된 깜짝 인사로 금년 58세였다. 한때 과거 공부에 뜻을 두기도 했으나 이후 포기하였는데, 이는 교분을 나누었던 익종(翼宗)의 죽음이 결정적 원인이었다.

서유영의 가문적 배경은 조선 후기에 관료를 대거 배출한 달성 서씨의 문벌(門閥)이었지만, 그는 평생 경제적으로 궁핍하고 처지와 사회적으로 아무것도 할 수 없는 처지를 면치 못했다. 그것은 세속적 타협을 거부하는 꼿꼿하고 자유분방하며 호방한 성격에 기인한 것이었다.

다음으로 외방 총독에 대한 발표가 있었다. 하와이 총독에 김좌근, 수마트라 총독에 인성룡이 임명되었다. 하와이 총독으로 김좌근이야 그러려니 하지만 인성룡은 그가 누구인지 아무도 몰랐다.

그렇지만 발표 내용을 보고서는 미천한 신분의 사람들이 큰 용기를 얻는 계기가 되었다. 상민으로서 고무나무 씨앗을 아마존에 가서 구해오고, 그것을 잘 가꾸어 국가 경제에 크게 이바지했다는 공으로 총독 지위까지 올랐다는 것은, 상민도 노력 여하에 따라서 고관 지위에 오를 수 있다는 것을 그가 실증시켜 주었기 때문이다.

아무튼 전 내각 명단을 수록하면 다음과 같았다.

총리대신: 김병호
부총리 겸 내무대신: 이하응
부총리 겸 재무대신: 윤종의(신임)
국방대신: 김병호
외무대신: 이상적
상공대신: 신응조
농림대신: 김병기(신임)
건교대신: 구장복
보건대신: 장열성
문체대신: 조희룡
법무대신: 김학성
문교대신: 박규수
과기대신: 이상혁
우정대신: 조병준
정보부장: 이파
궁내부대신: 남병철(신임)
총무처장: 최익현(신임)
공보처장: 최한기
경찰청장: 박은조

국세청장: 남병길

총리 비서실: 오경석, 유대치, 박제경, 유숙, 김병주, 김병학, 김병국, 김병시

감사원장: 박회수

대법원장: 서유영(신임)

수마트라 총독: 인성룡

하와이 총독: 김좌근

육군사령관 대장: 최성환

해군사령관 대장: 신헌

위에서 알 수 있듯 국방대신은 병호가 겸직함으로써 권력은 총구에서 나온다는 모택동(毛澤東)의 명언을 빌 것도 없이, 자신의 정치적 기반이 되는 무력을 결코 손에서 떼어놓지 않겠다는 것을 여실히 보여주고 있었다.

게다가 대폭 보강된 총리 비서실 명단을 보아 알 수 있듯, 새로 보강된 인물 역시 자신의 가문적 배경이 되는, 안동 김문의 '병(炳)'자 돌림이 대거 포진되어 있음을 알 수 있을 것이다.

내각에 김병기 단 한 명만 포진시킨 대신 자신의 직속 휘하에 대거 김문의 후손을 포진시킴으로써, 섭섭해할 그들을 달래는 동시에 그들의 능력을 꽃피우게 하기 위함이었다.

새로 발탁한 인물들 역시 능력이 출중하지 않았으면 병호

의 성격상 아무리 가문의 인물이라도 비서에 기용되는 것은 어림 반 푼 어치도 없는 일이었다.

아무튼 내각 명단 발표에 이어, 신임 대신은 물론 정3품 이상의 고위 관료들은 오후 1시까지 내각청사 1층에 있는 대 회의실로 집합하라는 명이 떨어졌다.

대한제국이 되어 인사체계 중 바뀐 것이 있다면 고위 관료가 더 늘어났다는 점이다. 현재의 장관과 차관급인 각부 대신과 부 대신들은 특급으로 품외(品外)하였고, 관료는 1품부터 9품까지 나누되, 이를 또 정(正)과 종(從)으로 또 나누었으니, 총 18단계가 되는 것이다.

즉 1급 차관보급을 시작으로 이사관급인 국장, 서기관, 사무관급 등 현대의 직위가 상당히 반영된 직급 체계가 도입된 것이다. 아무튼 속전속결로 오후 1시 신임 총리의 취임식이 통보되자, 1층 대회의실은 미리부터 와 기다리고 있는 각 부처의 고위 관료들로 인해 북새통을 이루고 있었다.

미리 나온 공보처 대신 최한기는 이를 보고 각 부서별로 줄을 세웠다. 그리고 신임 구임 각 부의 대신들이 몰려들자 그들 또한 단상 뒤편에 배치된 자신의 자리에 일찍 자리를 잡게 함으로써 빠르게 질서를 잡아나갔다.

정각 1시가 되자 8명의 비서를 거느린 병호가 일단의 경호원들의 호위를 받으며 대회의실로 들어섰다. 곧 병호가 단 위

정중앙에 마련된 자신의 자리에 착석하자 바로 최한기의 고성이 장내에 울려 퍼졌다.

"지금부터 대한제국 2대 총리이자 신임 총리이신 김병호 각하의 취임식이 거행되겠습니다. 제일 먼저 국기에 대한 경례가 있을 예정이니 단상에 계신 분들은 일어나 벽면의 태극기를 바라봐 주시기 바랍니다."

"국기에 대하여… 경례!"

"바로!"

"다음은 애국가 제창이 있겠습니다. 시간 관계로 1절만 부르도록 하겠습니다."

이렇게 해서 국민의례가 끝나자 다음은 총리가 취임사를 할 차례가 되었다.

이에 최한기가 큰 소리로 외쳤다.

"일동 차렷~!"

"됐습니다."

아무래도 전부 경례를 시킬 것 같아 손을 저어 만류한 병호가 단상 전면에 놓인 연설용 탁자 앞으로 나가 품에서 연설문을 꺼내놓았다. 그리고 한동안 장내를 유심히 쓸어보았다.

이에 긴장한 고위 관료들이 자신들도 모르게 침을 삼키는 가운데 병호의 연설이 시작되었다.

"서세 동점의 파고 높은 격동의 시대에, 이 앞에 서 있는 여러분들이야말로 대한제국의 국운을 양어깨에 짊어진 나라의 중추라 말하지 아니할 수 없을 것입니다. 그런 여러분이 잠시라도 한눈을 판다면, 우리 대한제국은 순식간에 격랑의 파도에 휩쓸려 언제 떠내려갈지도 모르는 절박한 순간이 찾아올 것입니다. 그러므로 여러분들이야말로 나라의 운명을 양어깨에 짊어진 것입니다."

이렇게 위기위식을 심어 고위 관료들의 긴장을 유도한 병호의 말은 그들의 복무 자세로 넘어가고 있었다.

"나라의 중추인 여러분들이 안일과 나태, 방종에 빠지거나 그 직위를 이용한 부정한 치부, 청탁, 온갖 비리에 연루되는 순간, 외침을 막아낸다 해도 안으로 무너진 우리는 스스로 자멸의 길을 걸을 수밖에 없을 것입니다. 따라서 여러분들은 이 나라를 떠받치는 대들보요, 기둥이라는 긍지를 가지고 대한제국의 발전에 헌신해야 할 것입니다. 하면 총리인 나는 여러분들이 생계 걱정은 물론, 품위 유지를 하는데 하등 지장이 없도록, 녹으로 뒷받침을 해줄 것입니다. 총무처장!"

"네, 각하!"

병호의 갑작스러운 거명에 깜짝 놀란 최익현이 벌떡 자리에서 일어나 부름에 답했다.

"매해 물가 상승률을 제외하고 1할씩, 9품 이상 전 관료들의 녹을 인상하되, 10년 동안이오. 알았소?"

"네, 각하!"

"이렇게 되면 재정에 큰 무리 없이 10년이면 녹봉이 배가되어 생활하는데 큰 어려움이 없을 것입니다. 이와 같이 나는 말로만 청렴을 강조하는 것이 아니라, 여러분들의 실질적 소득을 보장해 주고 하는 것이니, 부자가 되고 싶은 사람은 일찍이 공직에서 떠나는 것이 좋겠소이다."

장내가 싸한 가운데 병호의 연설이 이어졌다. 원고는 가져왔으되 즉흥연설이었다.

"자, 여러분들의 복무 자세는 이쯤 해두고, 다음은 10일 후부터 진행될 연두 순시 및 각 부처의 업무보고에 대해 말씀드리겠습니다. 이 자리에서 제가 중점적으로 보고자 하는 것은, 지난날 추진해 온 개혁 정책들에 대한 점검 및 평가, 그리고 앞으로 중점 추진해야 할 각 부처의 업무 내용입니다. 실현성 없는 계획이 아니라 정말 실효성 있게 추진될 수 있는 과제로, 나라를 부흥시키고 백성들을 잘살게 할 수 있는 제반 정책을 중·단기로 나누어 적극 개발하고, 그 추진 방법 및 일정을 제시해주시기 바랍니다. 이상!"

"전체 차렷! 총리 각하에 대하여 경례!"

"충성!"

"충성!"

이번에는 웬일인지 고위 관료들의 경례까지 받은 병호가 곧 바로 퇴장을 했다. 그러자 장내는 곧 도떼기시장처럼 변해 웅성웅성 소란이 일었다.

그로부터 10일 후.

김병호 총리의 연두 순시 및 각 부처 업무 보고가 시작되었다. 제일 먼저 병호가 찾은 부서는 내무부였다. 모든 부서가 청사 내에 있어 멀리 움직일 필요가 없었다.

병호가 전 비서진을 데리고 내무부가 위치한 사무실로 들어서니, 사무관급 5품 이상의 관리들이 모두 일어선 가운데, 제1부총리 겸 내무대신 이하응이 반갑게 맞았다.

"어서 오세요. 각하!"

"자, 다들 자리에 앉읍시다."

"네, 각하! 착석!"

이하응의 말에 전 관리들이 자리를 잡았다.

그러는 동안 병호 이하 비서들이 미리 마련된 자리에 자리를 잡았다. 이하응 이하 내무부 관료들과는 마주 보는 좌석 배치였다.

"업무 보고해 주세요."

"네, 각하!"

"우리 내무부의 시책 중 가장 중요한 것은 체제 안정과 구성원들의 통합입니다. 양반, 중인, 상민, 천민 등으로 대별되는 기존 조선 내 계급에다, 이제는 북해도, 수마트라, 하와이 등 전혀 다른 이질적인 종족까지 대한제국의 한 구성원이 되었습니다. 따라서 이들 모두를 포용할 수 있는 정책과 구성원 내의 갈등을 해소하는 일이 시급한 과제로 떠올랐습니다. 따라서 저는 이 해결 방법의 하나로 황제를 제외한 만민 평등을 주장하고 싶습니다."

"잠깐만요!"

병호는 결코 이하응의 입에서 나왔다고 할 수 없는 '만민 평등' 소리에 일단 제지하고 물었다.

"정말 그게 부총리의 생각이오?"

"제 생각이라기보다 그 방안을 도출하다 보니, 그게 가장 이상적이라는 생각이 들어 저도 마지못해 그 방책으로 제시하고 있는 것입니다."

"좋소. 그 방법은 지지하나 문제는 기존 기득권층이라 할 수 있는 양반들의 반발 아니오? 이제 겨우 잠잠한데 말이죠."

병호의 우려에 이하응이 말했다.

"어쩔 수 없습니다. 대한제국이 더욱 발전하기 위해서는 소가 대를 위해 희생하는 수밖에는. 그렇지 않으면 갈등이 지속되어 발전에 장애가 될 뿐만 아니라, 궁극에는 어느 정도 발전을 이루었다 해도 우리 스스로 무너질 소지도 다분합니다. 이제 대한제국에서 양반이 차지하는 비율이 전 인구의 1/7 수

준이니까요."

"참, 말이 나왔으니 말이지만 3년에 한 번씩 통계조사는 확실히 하고 있는 것이죠?"

"물론입니다, 각하!"

힘주어 대답한 이하응의 보충 설명이 이어졌다.

"개혁을 시작한 지 벌써 8년째. 작년에 작성된 통계조사에 의하면 순수한 조선인이 1,500만 명, 수마트라 인이 천만 명, 하와이 및 마셜과 괌 등의 인구를 합쳐 500만 명, 목단강 및 송화강 등에 살다 대한제국에 편입된 중국인이 150만 명, 북해도 원주민 밀 여타 종족 포함하여 100만 명, 해서 총인구가 작년 기준 3,250만 명으로, 450만의 양반층은 채 1/7이 되지 않습니다."

"흐흠……!"

이하응의 말에도 고심하는 표정으로 한동안 생각에 잠겼던 병호가 말했다.

"요즘 군대를 갔다 온 사람과 안 갔다 온 사람과는 생각이 확연히 다릅니다. 군대라는 것이 성격상 훈련받을 때부터 신분의 차별이 없습니다. 양반으로 보면 역으로 대우를 못 받고 오히려 자신의 신분 때문에 누구보다 괴로워하죠. 그래서 가끔 사고도 터지지만 그래도 대부분은 무난히 제대를 합니다. 그러고 나면 벌써 세상 보는 눈이 확 바뀌어 있는 것이죠. 그래서 나는 십 년 후면 조선 사회가 완전히 바뀌리라는 생각에 신분제 철폐를 방기하고 있었던 것이죠. 그런데 지금 이것을 발표하면 또 한 번 사회 전체가 급속한 혼란에 빠져들 텐데, 이를 어찌 생각하오?"

"그 십 년도 너무 아깝지 않습니까? 지난번 공노비의 일제 면천으로 사노비도 점차 사라지는 추세입니다. 이렇게 선언적 의미만이라도, 물론 약간의 소요는 있겠습니다만, 반상의 차별이 더욱 빠른 속도로 사라지리라 봅니다."

"약간의 소요?"

"대부분의 양반층이 마음속으로는 이미 기득권을 내려놓은 지 오래전이라 생각합니다."

"흐흠……!"

이하응의 말에도 고심에 고심을 거듭하던 병호가 말했다.

"5년만 유예합시다."

"네?"

"나도 심정적으로는 전적으로 동의하나 지금은 변화를 만들 때가 아니오. 앞으로 5년이 대한제국의 흥망을 좌우할 기로에 설 것이기 때문이오. 헌데 이런 일로 사회를 흔들어놓으면 군부터 전력이 약화될 우려가 있소. 5년 후 우리가 더 많은 영역을 지배하게 되면, 그때는 이들이 차지하는 비중이 현격히 낮아질 것이오. 따라서 이들 또한 그때는 어쩔 수 없이 받아들이는 날이 올 것이라 보오."

"개혁 속도가 너무 느린 것 같습니다만?"

어느새 급진 개혁론자로 바뀐 이하응의 말에 병호가 답했다.

"역사적으로 보면 모든 급진적인 개혁은 대부분이 실패를 했소. 왜냐? 미처 백성들의 의식이 따라가지 못하는데, 소수의 위정자들만 개혁을 서두르다 보면, 백성과 유리되어 결국은 자멸하거나 상대편에게 반격할 명분을 주어 역사의 뒤안길로 사라지는 것이오. 하니 5년을 유예하는 것으로 최종 결정합니다. 이에 대해 더 이상은 토론하지 않겠소. 다음 사항을 보고해 주시오."

"다음은 극빈층 문제를 말씀드리고 싶습니다."

"계속하시오."

"춘궁기만 되면 지금도 양식이 없어 고통받는 백성이 전체의 2할은 됩니다. 물론 이들에게 월남이나 여타 나라에서 수입한 쌀을 무상으로 대여해 가을에 받긴 합니다만, 그러고 나면 또 춘궁기에는 식량이 떨어져 같은 짓을 되풀이합니다. 따라서 이들에 대한 근본적인 대책이 필요합니다."

"철도 부설이라든가 조선, 광산 개발, 여타 공장 가동을 통해 많은 일자리를 만들고 있는데도, 가난한 백성들이 그렇게 많다는 것이 얼핏 이해가 가지 않소."

"지금도 남존여비 사상이 아주 팽배합니다. 해서 여자들은 문밖출입을 잘 안 시키는 통에 개교한 학교를 보면 거의 전부가 남학생들뿐이고, 각하께서 말씀하신 일자리도 대부분 남자들이 차지하고 있습니다. 그러니 벌어들이는 수입에 한계가 있을 수밖에 없고, 가난한 집 대부분은 그나마 일할 수 있는 남자들이 없는 경우입니다. 군대를 갔거나, 고령이라 일을 해도 생산성이 떨어지거나, 아예 과부인 데다 어린 자식들만 있는 경우 등 원인은 여러 가지입니다만."

"흐흠……!"

"옛날에는 그래도 베라도 짯고 해서 어느 정도 해결이 되었으나 지금은 무분별한 서양 옷감의 수입으로 인해 이마저도 힘들어, 이들 대부분이 소작농이 되었습니다. 지금은 남자 일자리가 많다 보니 소작 지을 농가가 부족한 바람에, 전에는 어림없던 일이 가능해져 이들에게도 일부 소작 농토가 돌아가나, 노동력의 한계로 가난을 벗어나지 못하고 있습니다. 각하!"

"미국에서 목화를 들여와 방적 및 방직 산업과 옷감 제조를 통해 여자들 일자리를 만들라 했는데, 그럼 이것이 잘 시행되고 있지 않은 것이오?"

"제가 알기로는 작년 하반기부터 화란산 기계들을 일부 들여오긴 했으나, 아직은 그렇게 많이 들어오지 못한 것으로 알고 있습니다."

"허허, 거참……! 알겠소. 수입선을 다변화하여 여러 곳에서 많은 물량을 들여와 여자들 일자리를 많이 만드는 것으로 합시다. 혹시 이마저도 바깥 생활이 두려워 일을 마다하는 것은 아니겠지요?"

"그 정도는 아닙니다. 당장 배곯아 죽겠는데 일을 마다할 백성들은 아니라고 봅니다."

"내가 주로 외교와 국방을 관장하다 보니 생각지도 못한 문제가 많군요. 아무튼 이제라도 백성들의 고충을 해결하는데 전력을 경주할 테니, 문제가 있으면 서슴없이 제기하고, 오늘과 같이 함께 해결 방안을 찾도록 합시다."

"네, 각하!"

"또 다른 문제가 있소?"

"호적대장, 부동산 등기부 등본, 각종 통계 작성 등으로 인해 모든 것이 한결 투명해졌습니다. 따라서 이제 각 구성원들의 마찰을 줄이고, 아주 가난한 백성들의 생계 대책만 세운다면, 다 사소한 문제고 큰 문제는 없습니다."

"좋소! 앞으로도 부총리께서는 사회 전반에 대해 문제가 되는 것에 대해서는, 추호도 눈길을 떼지 마시고 지금과 같이 문제 제기와 함께 그 대책도 강구하시기 바랍니다."

"알겠습니다, 각하!"

"이것으로 마치겠습니다."

"네, 각하!"

"오늘 내무부의 업무 보고를 받다 보니 다른 부서와도 관련 있는 일이 많이 발생할 것 같습니다. 따라서 부총리께서는 오후부터 재개될 재무부 순시부터는, 부총리 이하 전 각료가 참가할 수 있도록 통보해 주시고, 그 자리에도 참가해 주시기 바랍니다."

"알겠습니다. 각하!"

곧 그 자리를 빠져나온 병호는 오전 내내 휴식을 취하며 많은 생각을 했다.

*　　　　*　　　　*

오후 1시부터 재개된 재무부 연두 순시에는 병호의 지시대로 각 부처 대신들이 모두 참석을 했다. 그 자리에서 병호는 대뜸 상공대신 신응조에게 질문을 던졌다.

"방적기 수입이 더디다고요?"

"그렇습니다. 각하! 저들이 공급하는 것을 보니 한 회사 제품으로 그 회사에서 제작하는 속도가 있는 데다, 그 나라와의 항해 거리가 있으니 생각보다 훨씬 늦게 공급이 되고 있습니다."

"영국, 미국 어느 나라든 좋소. 여러 나라에 동시 다발적으로 수입하는 것으로 해, 각 도마다가 아닌 더 많은 곳에 옷감 공장을 설립해 가난한 농가부터 일자리 배정시키도록 하시오."

"알겠습니다. 각하!"

"네, 각하!"

병호의 지시에 관련이 있는 신웅조와 이하응이 동시에 대답을 했다.

"돈의 유통은 어떻게 되고 있소?"

병호가 재무대신이자 부총리인 윤종의에게 대뜸 가장 궁금한 사항부터 물었다. 이에 완전히 업무 파악이 되지 않았는지 윤종의는 부하 직원들이 작성해 준 것으로 추측되는, 예상되는 질문에 대한 답변지를 보고 답했다.

"당오전, 당십전, 당오십전, 당백전 등을 주조청을 통해 정초부터 공급했으나 완전히 정착하지는 못했습니다."

"그건 또 무슨 소리요?"

"아직도 현물을 좋아하는 백성들의 풍조가 남아 있는 데다, 일부는 돈에 대한 믿음이 아직 부족한 것 같습니다."

"참으로 인습이랄까 관습이 무섭군요."

"그렇습니다. 각하!"

"요즘 금·은광 개발은 어찌 되고 있소?"

"화약과 착암기를 사용하는 광산 기술이 점차 보편화됨에 따라 예전에 폐쇄되었던 광산이 새로 문을 여는 것은 물론, 기존 광산도 갱도를 굴착해 더 많은 금은을 생산하고 있습니다. 하지만 철, 석탄, 시멘트보다 우선순위에서 밀리다 보니, 아직은 만족할 만한 생산량을 토해내지는 못하고 있는 실정입니다. 각하!"

"좋소. 앞으로는 금·은광에도 보다 많은 비중을 두어 더 많은 금은을 생산하기 바랍니다. 해서 나는 이제 우리나라도 은행 제도를 도입할 때가 되었다고 생각합니다. 따라서 국책은행인 '대한은행(大韓銀行)'부터 설립하여 은본위제를 천명하는 게 좋겠습니다. 즉 교환을 원하는 모든 돈에 대해서는 언제든지 대한은행을 통해 은으로 교환해 줄 수 있다고 천명하면, 돈에 대한 완전한 신용으로 인해 동화(銅貨)만이 아닌 저폐를 발행해도 될 것으로 생각합니다. 물론 백성들의 인습을 감안해, 저화 발행은 기존 동화가 완전히 자리를 잡은 후에 하는 게 좋겠습니다. 이에 대해 어떻게 생각하십니까?"

"거기에 대해 드릴 말씀이 있습니다, 각하!"

갑작스러운 발언자의 출현에 모두 시선이 그자에게 쏠렸다. 병호 역시 바라보니 건교대신 구장복이었다.

"말씀하시오."

"상공대신의 말을 들어보면 아직은 은이 충분히 비축되지 않은 것으로 보입니다. 따라서 각 상단에 보유하고 있는 은의 수탁부터 대한은행이 맡아 진행함으로써, 보다 많은 은을 확보한 후에 실시하는 것이 더 좋은 방안이 될 것 같습니다, 각하!"

염전 관리를 시작으로 사업 초창기부터 경제에 입문한 구장복이다 보니 경제에 대해 누구보다도 해박한 지식을 갖고 있기에 저런 발언을 하는구나 하는 생각을 하며 병호가 고개를 끄덕이는데, 상공부 관리 중 하나가 반론을 제기했다.

"각 상단들이 은을 보유하고 있는 것은 대부분 국외 무역이 은으로 이루어지고 있기 때문입니다. 그런데 말이 좋아 동화의 회수지, 그들로부터 은을 강제로 동화와 교환하라 한다면 이는 내각의 부당한 간섭이 될 것이옵니다."

"내 말은 여윳돈에 대해 그렇게 하는 것이 좋겠다는 것입니다."

"그래도 상인들이 받아들이기에는 분명 압박이 될 것입니다."

구장복의 해명에도 자신의 견해를 밝힘에 주저함 없는 관리를 보고 병호가 말했다.

"관위와 성명을 밝히지 않은 것 같은데?"

"소직 재무부 소속 정2품 통화국장 임신중(林信仲)이라 하옵니다."

"하하하……!"

그의 이름에 모든 사람들이 대소를 터뜨리는 가운데 본인은 발갛게 변한 얼굴로 시선 처리가 곤란한 듯했다. 이에 병호가 나서서 말했다.

"나는 누구나 저렇게 자기 소신을 뚜렷이 밝히는 관리가 좋습니다. 책임 추궁이 두려워 물에 술 탄 듯, 술에 물 탄 듯 흐리멍덩하게 일을 처리하기보다는, 누구나 자신의 소신을 뚜렷이 밝힐 때 정책적 과오를 한결 줄일 수 있다고 봅니다. 아주 잘했소."

병호의 칭찬에 임신중이라는 관리의 얼굴이 환해지는 가운데 병호가 다시 말했다.

"서양에서 수입되는 옥양목(玉洋木)이나 백양목(白羊木) 때문에 우리나라 베옷이 고사 직전이라는데, 요즘 서양 옷감에 대해 얼마의 관세를 부과하고 있소?"

"5%입니다."

구장복 상공대신의 거침없는 대답에 병호가 만족감을 표시하며 고개를 끄덕이는데, 영어를 못 알아들어 옆 사람에게 묻는 사람도 상당수 있었다.

"미국에서 수입하는 목화는요?"

"그것도 5%입니다."

"그러면 안 되지. 목화는 관세를 아예 부과하지 말고, 또 서양 옷감에 대해서는 3개월 단위로 5%씩 계속 관세를 올려,

30%가 될 때까지 올리시오."

"네, 각하!"

"그렇게 되면 인도산 옥양목이나 백양목을 우리나라에 수출하고 있는 영국의 항의가 만만치 않을 것 같습니다."

외무대신 이상적의 발언에 병호가 답했다.

"우리나라 포(布) 산업이 고사 직전이라 어쩔 수 없다 사정을 전하고, 그 대신 영국에서 방적기나 방직기 등을 대량 구매하겠다고 전하시오. 하고 인도, 월남, 중국 여타 다른 나라에 판매하는 저들의 가격도 알아보시오. 해서 우리나라만 유독 싸게 팔면 덤핑관세를 신설하는 쪽으로 부가 법령도 손질하고."

"알겠습니다. 각하!"

"작년의 경우 X축 철도 부설, 주요 도로 개착 등의 공공투자로 인해 적자가 발생해 국채를 발행한 것으로 아는데, 올해의 재정은 어떻게 될 것 같소?"

"최선을 다하겠지만 올해도 적자를 면키 어려운 얼굴 같습니다. 해서 새로운 세원을 발굴하거나 불필요한 부분의 예산을 절감하는 등의 노력이 요구됩니다."

이에 대해 건교대신 구장복이 발언을 했다.

"늦어도 올 연말이면 X축 전 철도 노선과 주요 대로의 개착공사가 모두 끝납니다. 그러면 한결 재정 부담이 덜할 것이니 올해만 고생해 주시면 될 것 같습니다."

"좋소. 헌데 재정 확보를 위해 담배와 술의 전매제도를 실시하는 바람에 백성들의 불만이 상당할 것 같은데, 이 문제는 어떻게 되어가고 있소?"

이에 대해 내무대신 이하응이 바로 답변을 했다.

"물론 불만은 있으나, 아전이나 서원의 횡포 등에 비하면 착취가 거의 자취를 감추었으므로, 살 만한 세상이라고 합니다. 더구나 국운이 융성해져 청나라에 굽실거리지 않아도 되고, 해외에도 우리의 영토가 있다는 사실에 상당한 자부심을 느끼고 있는 것 같습니다. 따라서 전보다 백성들이 밝고 활기차졌습니다."

"좋은 현상이오. 그런 차원에서 보건대신에게 한 가지 물어봅시다."

병호의 말에 보건대신 장열성이 급히 고개를 조아리며 답했다.

"네, 하문하시죠. 각하!"

"천연두 예방접종은 현재 어디까지 진행되고 있소?"

"반도 내의 전 백성들에 대한 접종이 이미 모두 끝났고, 올해는 제주도와 여타 섬, 그리고 북해도 백성들에 대한 접종을 시작할 예정입니다."

"잘하셨소. 헌데 여타 새로운 의약품이 개발된 것은 없소?"

"푸른곰팡이를 이용한 페니실린과 버드나무에서 추출한 아스피린을 개발했으나, 아직 임상 실험이 끝나지 않아 무어라 단언할 수는 없습니다. 각하!"

"예상보다 빠른 진전이오. 아주 고무적이오!"

거듭 장열성을 칭찬한 병호가 이번에는 느닷없이 문교대신 박규수에게 질문을 던졌다.

"대학, 중·고등, 초등학교는 어디까지 보급이 되었습니까?"

"국립대학 외에 두 개의 사범대학과 하나의 법과대학을 추가로 한양에 세웠고, 중·고등학교는 각 도마다 하나씩, 초등학교는 군 단위까지 이제 보급이 완료되었습니다. 각하!"

"대학 설립이 생각보다 늦군요. 하지만 이제 건설 소요 예산이 내년이면 상당 부분 줄어들 테니, 이를 교육으로 돌려 대학은 각 도마다 하나씩, 초등학교는 면 단위까지 빠른 속도로 보급시키도록 합시다. 헌데 문제는 여아들의 입학률이 아주 형편없다고요?"

"그렇습니다. 아직도 남존여비 사상이 뚜렷해 아들을 선호하는 것도 여전하고, 계집이 배우면 뭣에 쓰느냐고 가르치려 들지를 않습니다. 각하!"

"이 세상의 절반이 여자인데 그러면 안 되지요. 궁극에는 우리 대한제국도 노동력 부족 사태가 올 것입니다. 하면 이를 여자들이 메워야 하는데, 이를 해결하려면 전 내각이 나서서

남녀 차별을 속히 없앨 수 있도록 계몽운동을 활발히 펼쳐야 될 것 같소. 특히 공보처에서 여기에 심혈을 기울여 주시오."

"알겠습니다. 각하!"

"법무대신!"

"네, 각하!"

병호의 부름에 법무대신 김학성이 급히 답했다.

"내가 알기로 각도의 지방법원까지 모두 설립이 끝난 것으로 알고 있소. 하면 이제부터는 검사와 변호사를 양성하시오. 검사는 경찰과 함께 수사권 및 기소권을 갖고 공적 업무를 수행하는 것이고, 변호사는 각 개인의 의뢰를 받아 범죄자를 대신해 그들을 변호해 주는 제도요. 하니 앞으로는 법관도 양성해야겠지만 이들도 꾸준히 배출해, 우리나라가 법의 지배를 받는 사회를 하루라도 빨리 만들도록 하세요."

"알겠습니다. 각하!"

"우정대신!"

"네, 각하!"

비록 능력은 떨어지지만 아첨과 업무에 대한 열성만은 누구도 인정하는 터라, 여전히 그 목이 붙어 있는 풍양 조씨 가문의 우정대신 조병준이 병호의 부름에, 남과 달리 그 자리에서 벌떡 일어나 부동자세로 답했다. 그런 그를 보고 병호가 미소를 지으며 말했다.

"앉아서 답변해도 되오."

"감사합니다. 각하!"

"철도와 주요 도로망이 올 연말이면 완전 개통된다고 하오. 하면 모스부호를 송출할 전선망도 완비된다는 것인데, 면 단위마다 우체국 개설은 끝났소?"

"아직 예산이 뒷받침되지 못해 내년은 되어야 완전히 끝날 것 같습니다. 하지만 미국에 유학을 보내 모스 체계에 대해 완전히 익혀 국내 교육도 끝낸 상태입니다. 하고 집배원도 면 단위까지 하나씩은 배정될 정도로 선발해 놓았고, 대도시는 이미 우편 업무 및 전보 업무를 수행 중에 있습니다."

"좋소! 과기대신!"

"네, 각하!"

수학 천재 이상혁이 급히 부름에 답했다.

"자전거와 리어카, 고무 신발 생산은 어찌 되어가고 있소?"

"이제 완전 개발이 끝나 곧 대량생산 체제를 곧 갖출 것입니다. 각하!"

"하면 최우선적으로 우정사업부 산하에 제일 먼저 나라의 예산으로, 면마다 자전거 한 대씩을 배정해 주어 우편배달을 하는데 지장이 없도록 해주오."

"알겠습니다. 각하!"

"여러분들도 알다시피 내가 주로 외교와 국방 분야에 관여하다 보니, 국내 문제는 너무 모르는 게 많소. 따라서 내 궁금증을 해결하고자 두서없이 질문하니, 여러분들이 이를 이해하고 성실한 답변을 부탁드리오. 아시겠지요?"

"네, 각하!"

내각 전 각료들이 일제히 대답하자 그 소리가 상당히 컸다.

"경찰청장!"

"네, 각하!"

최성환의 친구이자 전 무관 출신으로 경호 업무를 시작으로 사업 초창기부터 함께 성장해 왔다 해도 과언이 아닌, 경찰청장 박은조가 치안을 책임지는 경찰 조직의 수장답게 자리에서 벌떡 일어나 부동자세로 답했다.

"지금 경찰 인력이 얼마나 되지요?"

"3만 명이 조금 넘습니다."

"그들 모두가 왜어나 중국어 영어 중 최소 한 가지 외국어는 사용 가능한가요?"

"처음 9천 명의 기병대 병력에서 전환된 경찰마저도 이제는 이개 국어 이상의 외국어 구사 능력을 보유하고 있습니다. 그러니 선발 시험 과목에 아예 이 과목이 포함된 후에 모집한 경찰은 말할 것도 없습니다. 각하!"

"좋소. 헌데 그 인력이면 국내 치안을 유지하는 데는 부족함이 없을지 몰라도, 만약 외국으로 일부를 파견한다면 국내 치안 수요가 부족하지 않겠소?"

"그렇습니다. 각하!"

"하면 해마다 5천 명씩 증원하여 5만 명을 채우도록 하시
오."

"알겠습니다. 각하!"

"공보처장!"

"네! 각하!"

"신문은 여전히 5일 단위 발행이지요?"

"아직은 그렇습니다. 각하!"

최한기가 바로 답변을 하는데, 이때 외무부 관리 하나가 들
어와 이상적에게 귓속말로 무언가 소곤거리고 나갔다.

"올 연말에 철도가 전국적으로 완전 개통이 되면 신문 발행
날짜도 단축되어야 하지 않겠소?"

"격일제 발행을 예정하고 있습니다. 각하!"

"좋소!"

이때였다. 이상적이 급히 자리에서 일어나더니 병호 가까이
다가와 불렀다.

"각하!"

"왜 그러오?"

"영국 특사가 찾아와 급히 면담을 요청한다는데 어찌할까
요?"

"그래요? 음……! 우선은 당신이 먼저 만나보고, 저녁 만찬에 내가 초대한다고 하시오. 장소는 명월관으로 하고, 함께 오도록 하시오."

"알겠습니다. 각하!"

이상적이 급히 자리를 빠져나가고 병호는 갑자기 무슨 생각이 들었던지 상공대신을 불렀다.

"상공대신!"

"네, 각하!"

신응조가 급히 대답하자 병호가 미소 띤 얼굴로 말했다.

"영국에서 특사가 왔다니 생각나서 하는 말이오만, 우리도 만국박람회를 한번 개최하는 것으로 합시다. 지금부터 준비를 해서 5년 후 날씨 좋은 4월 달에 개최하는 것으로 하고, 장소는 한강 이남으로 신도시 계획과 함께 추진하는 것으로 합시다. 신도시 이야기가 나왔으니 말이지만 지금의 한양은 너무 지저분하오. 배수 시설이 전혀 안 갖춰져 있으니 하천마다 넘쳐나는 분뇨며 좁은 도로, 국제도시로서는 아주 민망할 지경이오. 하니 한강 이남에 새로 조성되는 도시는 처음부터 지하에 배수 시설을 갖추고 방사형으로 넓게 미리 도로부터 내는 식으로 해서, 국제적인 면모를 갖춘 계획도시와 함께 박람회장을 건설하는 것이오. 따라서 건교부 등 유관 부처가 전부 협력해서 계획안을 만들어오도록 하시오. 한강 인도교도 건설하는 방안으로 하고."

"알겠습니다. 각하!"

관련 대신들이 일제히 답을 하는 가운데 병호가 갑자기 자리에서 일어나며 말했다.

"오늘은 여기까지만 합시다. 장시간 고생들 많았소."

"네, 각하!"

그 길로 병호가 밖으로 향하니 장내가 웅성웅성 떠들썩한 가운데, 친소끼리 모여 답변을 잘했다는 등 격려도 하고, 답변이 그게 뭐냐는 등 농담을 건네는 대신들도 상당수 있었다.

*　　　*　　　*

이날 저녁 명월관.

명월관 중에서도 특실인 매원(梅院)에는 지금 네 사람이 풍성한 교자상을 가운데 두고 앉아 있었다.

한쪽에는 병호와 비서이자 통역인 오경석, 맞은편에는 엘진(J.B. Elgin)이라는 영국 특사가, 그 옆에는 이상적이 함께 앉아 있었다. 엘진의 말이 계속되고 있었다.

"각하께서 아시다시피 우리와 프랑스는 그동안 러시아와 크림반도에서 전쟁을 치르느라 동양에 한동안 관심을 둘 수 없었습니다. 하지만 이젠 다릅니다. 동양에 다시 관심을 두게 된 것이죠. 그것도 과격한 파머스턴(Palmerston) 수상이 재집권을 했으니, 영국의 동양에 대한 관심이 현저히 다를 것입니다."

이에 대해 병호가 입가에 미소는 띠었지만 직설적으로 뱉었다.

"장님 코끼리 더듬는 화법은 이제 그만하고, 영국이 아국에게 요구하고 싶은 게 뭐요?"

"프랑스와 우리는 이미 청국 시장을 더욱 개방시키는 일에, 공동 노력을 기울이기로 합의했습니다. 따라서 조선도 이에 협조해 줬으면 좋겠습니다."

엘진의 말에 병호가 불쾌한 낯빛으로 말했다.

"그런 요구를 하기 전에 상대국의 호칭부터 제대로 알고 불러주시오."

"아, 깜빡했습니다. 대한제국으로 국호가 변경된 것을."

"아무튼 좋소. 그런데 당신의 말은 우리에게 구미가 당기는 것이 하나도 없군. 이미 우리는 청국과 대사급 외교 관계를 맺었을 뿐만 아니라, 내륙 시장까지도 아무 제한 없이 접근할 수 있단 말이죠. 더구나 양국 사이에는 이미 수호조약까지 체결되어 있어, 당신들이 만약 청국을 침략한다면 우리가 방어를 해주어야 할 판이란 말이지."

"우리도 그 정도 사실쯤은 다 압니다. 그밖에 대한제국이

청국이 요구한 태평천국의 염비들을 무찔러 달라는 것을, 내
정간섭은 할 수 없다고 거절하는 바람에 양국 사이가 틀어져
있는 것도."

"그렇다고 양국 사이에 수호조약이 파기된 것은 아니니, 영
국도 이를 명심해야 할 것이오."

"거참……!"

엘진이 입맛이 쓴지 입맛을 다시며 골똘한 생각에 잠기자
병호가 지시했다.

"아이들 불러!"

"네, 각하!"

병호의 지시에 오경석이 자리에서 벌떡 일어나 문가로 갔
다.

제3장

대한제국의 위엄

머지않아 명월관이 자랑하는 기생 중의 기생 여섯 명이 들어와 날아갈 듯 절을 올리고 사전 지시대로 각자의 옆에 앉았다. 병호와 영국 특사 엘진에게는 두 명, 이상적과 오경석 옆에는 각각 한 명씩 앉은 것이다.

곧 기녀들이 술을 치며 분위기를 돋우자 분위기는 졸지에 주량을 겨루는 자리로 바뀌었다. 조선에서도 빼어난 미인들을 기생으로 선발했고, 그런 기생들 중에서도 여섯 명을 사전에 대기시켜 놓았다.

그 여섯 중에서도 제일 뛰어난 미인이요, 끼며 재주 많은 천하절색 두 명을 엘진의 옆에 앉혀 시종 아양을 떨며 술을 권하니, 그는 곧 열흘 삶은 호박처럼 흐물흐물해졌다.

이쯤 되자 병호가 기생들에게 엘진 모르게 눈짓을 했다. 그러자 기생들이 소피를 본다는 등 각종 핑계를 대며 자리를 떠, 잠시 후에는 아무도 좌석에 남지 않게 되었다.

이에 서운한 표정을 짓는 엘진을 보고 병호가 말했다.

"술이 과하면 이대로 끝냅시다."

"아, 아니오. 아직 술이 취한 건 아니니 마저 매듭을 지웁시다."

술 취한 놈이 술 취했다고 인정하는 걸 본 예가 없다. 엘진도 딱 그 짝이었다.

"내 솔직히 말하리다. 금번 청국 공략에는 러시아와 미국도 동참하기로 했소. 그러니 조선, 아니, 대한제국은 우리의 일에 간섭하지 말고, 적당한 시점에 양쪽을 중재하는 쪽으로 개입해, 대한제국의 이익도 극대화시키는 것이오. 이를 테면 랴오허(遼河) 이동을 대한제국이 이 기회에 손에 넣는다니 하는 것이죠. 하면 양국 간에 화기도 상하지 않을 것이고, 여러모로 좋지 않겠소?"

"흐흠……!"

생각지 못한 엘진의 제의에 병호가 침음하며 생각에 잠기는데 엘진이 다시 말했다.

"아니면 4개 연합군 대 대한제국이 맞붙는 대전쟁으로 비화될 것인즉 이렇게 사전에 논의를 하는 것이오."

엘진의 말은 협박에 가까웠다. 그러나 병호는 이 전쟁의 결말을 이미 알고 있었다.

엘진이 획책하는 것이 소위 '애로호사건'으로 인한 영프동맹과 청의 전쟁이었다. 미국과 러시아는 이 전쟁에 참여치 않고 나중에 협상을 중재한답시고 나타나 자신의 잇속은 다 챙긴다.

이 사건을 엘진은 마치 러시아와 미국도 병력을 파견하는 양 지금 병호에게 은근한 협박을 가하고 있는 것이다. 이 모든 것을 다 알고 있지만 병호는 못 이기는 척 승낙하는 말을 했다.

"좋소! 그렇게 하되 사전에 충분한 협의를 거치는 것으로 합시다."

"물론이죠, 각하! 하하하⋯⋯!"

병호의 승낙에 큰 시름을 던 듯 엘진이 기뻐하며 대소했다. 이에 병호도 그의 기분을 맞춰주기 위해 다시 여섯 명의 기생들을 불러들여 분위기를 띄웠다.

"자, 오늘 마음껏 취해보자고."

"좋지요."

엘진 또한 병호를 따라 호기롭게 외치며 거듭 기생이 권하는 대로 술잔을 비워 나갔다. 이렇게 2각이 지나자 말술인 병호도 술이 서서히 오르기 시작하는데 밖에서 고하는 소리가 들려왔다.

"각하! 정보부장이 긴한 일로 뵈었으면 합니다."

신용석 대령의 말에 병호는 곧 자리에서 일어나 밖으로 나왔다. 그곳에는 다급한 표정의 정보부장 이파가 서 있었다.

"무슨 일인데 그러오?"

"미국 놈들이 드디어 일을 저질렀습니다."

"자세히 말해보시오."

"미 페리 제독이 기함 서스케하나호 등 7척의 군함을 이끌고, 요코하마 가나자와 앞바다에 육박해 개항을 요구하며 무력시위를 벌이고 있다는 정보원의 긴급 전언입니다, 각하!"

"우리의 저지로 인해 오래 참긴 참았지만, 이번에는 아예 우리에게 통보도 않고 일을 저지르고 있군."

"그렇습니다."

"일본의 반응도 들어온 것이 있소?"

"아직은 없습니다."

"일단 알았으니 가보오."

"네, 각하!"

곧 다시 자리로 돌아온 병호는 외무대신 이상적을 잠시 불러내, 내일 날이 밝는 대로 미국 대사를 초치해 함께 총리실로 데리고 오도록 했다.

$$* \qquad * \qquad *$$

다음 날 오전 10시.

급박한 상황 전개해 연두 순시 일정은 모두 뒤로 미루어진
가운데, 병호의 지시대로 이상적이 미국 영사를 데리고 들어
왔다. 미국영사는 병호도 잘 알고 있는 인물이었다. 전 미국
해군 중령 글린(J. Glynn)이 그였다.

이렇게 그가 외무부의 부름에 응해 신속히 올 수 있는 것
은, 그들 영사관이 용산에 자리 잡고 있었기 때문이다. 병호
는 중신들과 약속한 3년 시한이 지나자, 외국대사관도 강화도
가 아닌 한양에 관저를 지을 수 있게 허락한 바 있었다. 따라
서 지금은 대부분의 나라가 한양에 대사관 내지 영사관을 두
고 있었다.

또 현 대한제국과 미국과의 관계는 상당히 냉랭한 편이었
다. 애초 글린과 약속한 대로 미국이 일본을 개항시키려면 사
전에 대한제국과 협의를 거치도록 한 약속이 있어, 처음에는
미국이 이를 잘 지켰다.

그러나 일본을 개항시키고자 하는 미국의 요구를 대한제국
이 번번이 거절하자, 양국 관계는 극도로 냉랭해져 대사급 외

교 관계가 영사급으로 축소되는 등 악화 일로를 걸어왔다.

그런 속에서 이번에는 아예 일을 저지르고 사후 통보하려한 모양이었다. 하긴 역사적으로 보면 3년 전인 1854년도에 일본의 개항이 이루어져야 했으니, 조선의 요구 때문에 미국도 많이 참아왔다 할 수 있을 것이다. 이런 상황 속에서 두 사람이 들어온 것이다.

"강녕하셨습니까? 각하!"

"어찌 된 일이오?"

"무얼 말입니까?"

"페리 제독이 이끄는 미 함대가 일본의 개항을 요구하며 요코하마에서 시위를 벌이고 있는 일을 말하는 것이오."

"그 정보를 벌써 입수하셨습니까?"

글린이 놀랍다는 어투로 말하나 병호에게는 그 얼굴이 가증스럽게만 보일 뿐이었다. 그래서 병호가 냉랭한 얼굴로 그를 바라보고 있는 가운데 글린이 다시 말했다.

"어쩔 수 없었습니다. 대한제국이 미국의 이익에 반해 번번이 일본의 개항을 지연시키고 있으니, 이번에는 아예 개항을 시키고 통보하려던 참이었습니다. 각하!"

"하면 이제 양국 관계를 돌볼 필요도 없는 이야기군요."

"그게 전혀 그렇지 않습니다. 각하! 우리는 계속해서 대한제국과 친밀한 관계를 유지하고 싶습니다."

"헌데 지금 미국이 하는 행동은 이에 전적으로 반하는 행동이잖소?"

"일본의 시장을 열면 대한제국에게도 좋은 일 아닙니까? 설마 일본이 개국을 통해 발전하는 것을 대한제국이 두려워하는 것은 아닐 테고요."

대한제국의 아픈 곳을 찔러가며 항의하는 글린이 정말 얄미워 한 대 후려갈기고 싶은 심정이었다.

그렇지만 절대 감정대로만 할 수는 없는 노릇. 병호가 오히려 한결 침착해진 음성으로 말했다.

"미국이 일본의 저력을 너무 저평가하는 모양인데, 일본이 개항을 하게 되면 매우 빠른 속도로 국력이 신장할 것이오. 하니 미국도 이를 절대 간과해서는 안 될 것이오."

"아무리 그래도 우리 미국에는 전혀 위협이 되지 않는 존재입니다. 각하!"

'대한제국에는 어떤지 모르지만'이라는 말이 생략된 것 같아 병호는 내심 이자가 더욱 얄미워졌다.

그래서 병호가 말했다.

"금번 미국의 하는 행동을 보면 우리 대한제국이 전혀 두렵지 않은 모양인데, 우리에게도 미국은 전혀 위협이 되지 않소. 아니, 곧 해군에 출동 명령을 내려 미국의 의도를 저지하고 말겠소."

"설마 미국과 일전도 불사하겠다는 말입니까?"

"못할 건 또 뭐요? 영국과 프랑스, 여기에 러시아까지 모두 동맹을 맺고 대한제국을 위협해도 우리는 충분히 물리칠 자신이 있소."

"끙⋯⋯!"

괴로운 신음을 토하던 글린이 재차 입을 열기에 병호는 한 풀 꺾일 것을 예상했다. 그러나 막상 그의 말을 들어보니 적반하장으로 나오고 있었다.

"조선의 해군력이 세계 최강이라는 것은 자타가 공인하고 있고, 우리도 잘 알고 있습니다. 그래서 지금까지 우리 미국도 번번이 모든 면에서 양보를 해왔고요. 하지만 정말 대한제국이 계속 이렇게 세계열강을 무력으로 위협한다면 우리도 생각을 달리할 것입니다. 각하!"

"흥! 그건 당신들 마음대로 하고 당장 일본에서 철수부터 하시오. 아니면 양국 관계는 급격히 파탄으로 치달을 것임을 명심하시오."

"끙⋯⋯!"

괴로운 신음을 토하던 글린이 계속되는 병호의 강경한 자세에 어쩔 수 없는지 일단 꼬랑지를 내렸다.

"일단 본국 정부에 대한제국의 의사를 통보하고 화회를 기다리도록 하겠습니다."

"그동안에 일어나는 일은 대한제국이 더 이상 간과할 수 없으니 알아서 하시오."

"허허, 거참……!"

난처한 표정을 짓던 글린이 체념한 얼굴로 말했다.

"일단 일본에 진출한 미 함대를 대양으로 물리고 정부의 훈령에 따르도록 하겠습니다."

글린이 이렇게까지 나오자 병호도 조금 양보하는 말을 했다.

"우리도 마냥 일본을 개항에서 열외시킬 생각은 없소. 단지 시간을 좀 더 벌고자 할 뿐이오."

"그게 언제까지입니까?"

"늦어도 4년 안에는 일본을 개항시킬 것이니 기왕 기다린 김에 4년만 더 참아주시오."

"그 말씀을 본국에 그대로 전해 올려도 되겠습니까?"

"물론이오! 하지만 일본 내에 있는 함대에는 신속한 조처를 취하도록 하시오."

"알겠습니다, 각하! 더 하실 말씀 없으면 이만 물러갈까 합니다."

"차나 한잔하고 가시오."

"그럴 겨를이 없을 것 같습니다. 상황이 더 악화되기 전에 일단 손을 써놓고 훗날 찾아와 대접을 받도록 하겠습니다,

각하!"

"좋을 대로 하시오."

"그럼……!"

글린이 목례를 하고 물러나자 이상적이 우려스러운 얼굴로 병호에게 말했다.

"저들이 정말 유럽과 손을 잡는다면 위협적이지 않겠습니까?"

"막말로 그렇게 되어도 우리 해군력이라면 능히 그들을 물리칠 수 있는 데다, 우리도 최악의 경우를 상정해 유럽에서는 네덜란드 외에 프로이센, 오스트리아, 여타 약소국가들과도 좀 더 친밀한 관계를 유지토록 하시오. 또 멕시코나 여타 중남미 국가와도 대사급 외교 관계를 가질 수 있도록 외교를 더욱 적극적으로 전개하도록 하시오."

"알겠습니다. 각하!"

병호의 말은 빈말이 아니었다. 그간 대한제국은 꾸준히 해군력을 증강한 결과 이제는 280척의 전함에 4만의 수군 및 5만의 해병대를 보유하고 있어, 세계 최강의 해군력을 보유하고 있다는 말이 결코 빈말은 아니었기 때문이다.

아무튼 이렇게 해 한시름 던 병호는 이후 연두 순시를 계속 행했다. 그러던 삼 일째 되는 날이었다. 이날도 병호가 연두 순시를 행하기 위해 막 자신의 집무실을 벗어나려는데 대전내관이 찾아왔다.

"황상께서 찾으십니다, 각하!"

"무슨 일 때문인지 아오?"

"올해도 유구왕국(琉球王國)의 조공 사절이 찾아왔습니다."

"금년에는 조금 늦었군요."

"해로가 거칠어 조금 지체되었답니다."

"그렇군요. 가봅시다."

"네, 각하!"

유구왕국은 3년 전부터 대한제국의 강성함을 알고 조공 사절을 파견하는 등 적극적인 구애에 나서고 있었다. 그러니까 유구왕국으로서는 약소국의 정형임을 말해주듯 지금 3국에 조공 사절을 파견하고 있는 것이다. 청과 사쓰마 번에 이어 이제 대한제국까지. 그들의 목적은 단 하나, 사쓰마 번의 착취에서 벗어나 독립을 쟁취하는 것이었다.

청국에 조공을 계속하고 있지만 청국은 이미 종이호랑이로 전락한 지 오래. 오래전부터 사쓰마 번이 유구왕국을 침략해 수탈을 자행하고 있는 것을 알면서도 유야무야 방치하고 있으니, 약소국인 유구로서는 신흥 강국인 조선에 한 가닥 기대를 걸고 매년 조공 사절을 보내오고 있는 것이다.

이런 역사적인 사실을 잘 알고 있는 병호로서는 일말의 동정심이 생기는 것을 금할 수 없었다. 만약 조선도 자신이 나타나 개혁하지 않았다면 유구왕국이 1871년 일본 명치 정부의 폐번치현(廃藩置県:번을 폐지하고 현으로 변경)에 따라 사실상 일본의 한 현이 되면서 역사의 뒤안길로 사라지는 것과 같이 조선 또한 망국의 길을 걷고 있을 것임을 상기할 때, 동질감과 함께 측은지심을 금할 수 없었던 것이다.

아무튼 병호가 경복궁 2층 황제의 집무실에 도착하니 외무대신 이상적은 물론 유구왕국의 사절단 일행이 이미 와 그를 기다리고 있었다.

"어서 오시오!"

황제가 먼저 인사를 하자 병호가 황급히 고개를 조아리며 인사를 했다.

"강녕하셨습니까? 황상!"

"참으로 유구왕국도 옛 우리 조선과 같이 예의가 바른 나라 사람들인 것 같소. 해마다 예를 잃지 않으니 말이오. 이것이 금번에 유구에서 가져온 설탕과 열대 과일인데, 참으로 맛이 좋소이다."

대한제국도 이제는 자체 설탕 공장을 지어 시중에 설탕 제품이 쏟아져 나오고 있으나, 조공 예물로 들어온 것이라 더욱 맛이 좋다는 뜻임을 병호가 모를 리 없었다. 그래서 병호가 그의 기분을 맞춰주기 위해 말했다.

"귀한 것이니 맛이 더 좋은 모양입니다."

"하하하! 그렇소이다."

이때 유구왕국의 사신 상엔(尙円)이 말했다.

"많이 가져오질 못해 죄송할 따름이옵니다, 황상!"

"별말씀을. 그 성의가 중요한 것이지. 양의 대소는 아무런 상관이 없소이다."

이 말을 받아 현 유구국왕 상태(尙泰)의 동생인 상엔이 기다렸다는 듯 울상인 얼굴로 말했다.

"사쓰마 번의 강요에 우리 왕국은 해마다 청에서 받는 회사품의 일부는 물론 쌀과 설탕을 대규모로 공출(供出)해야 합니다. 그 정도가 총 생산량의 2/3에 해당되는지라, 우리 백성들은 소철(蘇鐵)로 겨우 목숨을 부지하는 정도입니다. 황상!"

"허허, 거참……!"

상엔이 말한 소철(蘇鐵)은 사철 푸른 상록수로 열대 귀화식물이다. 제주도에서도 일부 자라는 나무로 솔방울 모양의 열매를 약용과 식용으로 쓴다. 그러나 열매에는 독성이 있으므로 물에 우려내야 먹을 수 있다. 그러니까 초근목피로 연명한다는 말인즉 황제가 개탄을 금치 못하는데 병호가 말했다.

"비록 근년에는 소원했지만 양국은 오랜 교류의 역사가 있었소. 임진왜란 시절 명이 조선을 의심할 때 유구왕국이 정확한 사실을 말해 우리를 도운 역사적 사실도 잊지 않고 있소. 따라서 대한제국이 흥기한 지금은 우리가 귀국을 도울 때가 아닌가 하오. 하니 조금 더 참으면 좋은 결과가 있을 것인즉 기다려 보오."

"감사합니다. 각하! 흑흑흑……!"

감격한 상엔이 갑자기 대전 바닥에 무릎을 꿇고 절을 하더니 흐느껴 우는지라, 황제 이하 병호 역시 난감한 표정을 짓고 있는데 이상적이 말했다.

"허언이 없는 분의 말씀이니 믿고 어서 일어나시오. 예로부터 과공(過恭)은 비례(非禮)라 하지 않았소?"

"감사합니다. 감사합니다. 흑흑흑……!"

상엔은 이상적의 말에 일어나면서도 계속 감사를 표하며 흐느껴 울었다. 그러나 이때 병호는 벌써 완전히 냉정을 회복한 얼굴로 그런 그를 무심히 바라보고 있었다.

병호가 역사를 들먹이며 유구왕국을 도우려는 것은 역사적 동질감도 있지만, 그 첫째는 대한제국의 이익을 위해서였다.

'지역 패권은 육지만으로 충분하다. 그러나 세계 패권을 쥐려면 해양 장악이 필수다.' 라는 칼 마르크스의 말이 아니더라도, 병호는 현 오키나와인 유구왕국을 영향권 안에 끌어들임으로써, 아시아 및 대양주 패권을 쟁취하는데 한걸음 더 나아갈 생각인 것이다.

그런 생각인 줄 모르고 상엔은 그들이 가져온 설탕과 파인

애플 등 열대 과일을 열심히 권하며 대한제국의 환심을 사려 애쓰고 있었다.

＊　　　　＊　　　　＊

그로부터 사흘 후였다.

유구왕국의 사절단이 떠났나 싶었더니 이번에는 일본에서 한 인물이 찾아왔다. 아침 일찍 이상적과 함께 찾아와 정중하게 고개를 조아리는 그 인물을 보니 병호도 잘 알고 있는 인물이었다.

가쓰 가이슈(勝海舟)라고 대한제국이 북해도를 침공했을 때 이를 항의하기 위해 타카히로와 함께 왔던 인물로, 대한제국의 해군에서 훈련까지 받고 간 인물이었다.

이 인물이 지금은 타카히로의 천거로 인해 막부의 책사(策士)로 활약하고 있다는 말을 정보부를 통해 들은 바 있었다. 그런 인물의 내방에 병호는 짐작 가는 바가 있었으나, 아무 내색도 안고 그의 인사부터 받았다.

"강녕하셨습니까? 각하!"

"그대도 잘 지냈소?"

"각하 덕분에 무탈하게 잘 지냈습니다."

"무슨 일이 있는 것이오?"

"미국 전함 7척이 요코하마에 나타나 개항을 요구하며 시위를 벌이고 있는지라……."

"우리의 도움을 받기 위해 찾아왔단 말이오?"

"그렇습니다. 각하!"

"흐흠……! 일단 자리에 앉읍시다."

"감사합니다. 각하!"

깍듯이 답한 가쓰 가이슈가 자리를 잡는 동안 병호는 순명에게 차를 타오도록 지시했다. 해삼위에서 온 그녀 역시 아직도 시집을 안 간 채 병호의 집무실에서 근무하고 있었다.

차가 나오는 것을 기다리는 것일까. 병호가 아무 말도 하지 않으니 실내는 정밀(靜謐) 그 자체였다. 정밀이란 단어가 약간 어폐가 있는 것 같다. 고요한 것은 맞았으나 병호의 말을 기다리는 가쓰 가이슈로서는 결코 편안하지만은 않은 까닭이었다. 그런 그가 결국은 참지 못하고 먼저 입을 열었다.

"지금 우리 일본 지식인 사이에서는 한창 '조무운동(朝務運動)'이 일어나고 있습니다. 조선의 문물을 받아들여 군사적 자강과 경제적 부강을 이루려 조선이 실시한 제반 정책과 사회적 변동을 따라하려는 운동이지요."

이 말을 받아 이상적이 물었다.

"우리 대한제국으로 유학 왔던 인재들이 주축이 되어 전개하고 있겠군요."

"그렇습니다."

조선으로 유학 온 50인의 유학생들이 3년 동안 조선 각 분야에서 배우고 돌아간 바 있었다. 가쓰 가이슈의 말로는 이들이 지금 조선 따라 배우기 선봉에 서서 활동하고 있다는 말이었다.

이 말을 듣기 전부터 병호는 내내 모순(矛盾)에 빠져 있었다. 그들이 지한파로서 조선을 동경하고 조선의 이익을 대변하는 것까지는 좋으나, 이들의 활약으로 일본이 발전하는 것은 결코 원하는 바가 아니기 때문이었다.

그런 연장선상에서 병호는 미국이 일본을 개항시키려는 것을 계속 억압하고 있었던 것이다. 그렇지만 종내는 일본도 개항을 시켜야 하겠기에, 지한파를 일본 내에 형성시켜 두기 위해 그 후로도 또 50명의 유학생을 받아들이고는 있으나 결코 마음 한편이 편안하지만은 않았던 것이다.

병호가 이런 자신만의 생각 속에 유영(遊泳)하다 보니 자연히 말이 없을 수밖에 없었고, 이를 견디지 못한 가쓰 가이슈가 먼저 말을 꺼낸 것이다. 어찌 되었건 생각을 정리한 병호가 막 말을 꺼내려는데 마침 차가 나왔다. 커피였다.

"듭시다."

"감사합니다. 각하!"

또다시 깍듯이 예를 표한 가이슈가 티스푼으로 차를 젓는 것 같더니 후루룩 단숨에 마셔 버렸다. 여유가 없는 그의 모습을 보며 병호는 빙긋 웃으며 뜨거운 커피를 천천히 느긋하게 마셨다. 그리고 입을 뗐다.

"우리가 미국을 물리쳐 주면 우리에게도 도움이 되어야 하는 게 있어야 하지 않겠소?"

"물론입니다. 각하! 만약 이번에 미국 놈들을 물리쳐 주신다면 대한제국에 한해 전면 개방을 실시할 생각입니다."

이 말을 받아 병호가 떠보기 위해 슬쩍 물었다.

"왜 양이들한테는 개방을 안 하고 유독 대한제국에게만 개방을 하겠다는 것이오?"

"청국의 예를 보더라도 우리에게 일방적으로 불리한 조약이 체결될 것이 뻔하기 때문입니다."

"하면 우리 대한제국만은 그렇게 안 하리라 보는 것이오?"

"물론 대한제국도 양이들과 같이 불평등조약을 강요하지 않을까 하는 우려가 있기에 지금까지 대한제국에게도 개방에 미온적이었던 것은 사실입니다. 하지만 지한파를 중심으로 한 친조양이(親朝攘夷) 사상이 각 번 내에 팽배해 더는 거스를 수 없는 대세가 되어가고 있고, 또 양이들의 개방에 앞서 우선 조선만이라도 개방을 해 우리가 국력을 키운다면 양이들한테까지는 당하지 않아도 될 것 같기에, 금번에 조선에게만 개방을 허용하고자 하는 것입니다."

"말 한번 잘했소. 우리도 개항 전에 사쓰마 번에 요구하고 싶은 게 있소."

"일본이 아닌 사쓰마 번에요?"

"그렇소. 유구왕국에서 사쓰마 번이 손을 떼는 것이 그것이오."

여기서 병호는 유구국 문제를 보다 축소하기 위해 사쓰마 번에 요구한다는 말을 했다. 실제로도 에도 막부의 조공은 형식적이었고 현실적으로도 사쓰마 번에서 온갖 경제적 수탈을 자행하고 있기 때문에, 이를 일본과 대한제국의 문제가 아닌 일개 번에 대한 요구로 격하시킨 것이다.

"그것은……."

병호의 말을 전혀 생각지 못한 탓에 미처 답변을 못하고 우물쭈물하는 가쓰 가이슈였다. 그런 그를 향해 병호가 당근책을 제시했다.

"그렇게 되면 우리 대한제국은 일본과 통상수호조약을 체결해 양이의 침탈로부터 일본을 적극적으로 보호해 줄 생각이오."

병호가 이렇게 자신 있게 말하는 데는 다 이유가 있었다.

일본에 대해 제일 욕심을 내는 국가는 주지하다시피 미국이다. 따라서 대한제국의 강한 해군력을 바탕으로 병호는 미국에 일본의 개항을 4년 유예해 달라 요청한 바 있다.

여기에도 다 이유가 있었으니 4년 후면 미국이 역사적으로 그 유명한 남북전쟁에 돌입한다. 그렇게 되면 5년 동안은 대외적으로 신경 쓸 겨를이 없을 것이므로 앞으로 근 10년간은 미국과 마찰을 빚을 일도 없을 것이다.

아니, 미국이 하기에 따라서는 미국의 남북전쟁에도 적극 개입해 한동안 미국을 둘로 갈라놓을 생각도 가지고 있었다. 대한민국의 현실을 돌이켜 볼 때 주변 4대 강국이라 할 수 있는 미국, 중국, 일본, 러시아를 약화시켜 놓지 않고서는 대한제국의 앞날을 결코 낙관적으로만 볼 수 없기에, 이 시기부터 그들을 최대한 약화시키려는 계획의 일환인 것이다.

그랬기에 병호는 사전 조치로 증기기관을 움직이는 데 필수인 석탄 기지 삼아 괌, 마셜군도, 하와이 등을 징검다리 역할을 하도록 미리 정복해 놓은 것이다.

대한제국의 이런 장구한 계획을 모르고 있기에 지금은 미국이 비교적 대한제국의 요구에 순응하는 편이지만, 아마 이 계획을 안다면 미국도 대한제국을 달리 보고 지금까지와는 전혀 다른 대책을 적극적으로 강구하리라.

아무튼 병호의 말에 한동안 생각에 잠겼던 가쓰 가이슈가 답했다.

"솔직한 제 생각으로는 적극 찬성하고 싶지만, 제 생각만으로 될 일이 아니기 때문에 막부의 재가가 있어야 되겠습니다,

각하!"

"좋소! 내 말대로 행한다면 우리 대한제국은 미국과 전쟁을 벌이는 한이 있더라도 일본을 적극 보호해 줄 생각이오."

"각하의 말씀을 그대로 쇼군 이하 노중께 전하도록 하겠습니다, 각하!"

"그러시오."

이로써 가쓰 가이슈와의 중요한 대담은 모두 끝이 나고, 이후에는 사소한 이야기로 일각 동안 더 대화를 나누다가 그를 내보냈다.

*　　　*　　　*

그로부터 10일이 지나 미국 영사 글린이 찾아와 고했다. 요코하마의 미국 전함들을 페리 제독과 협의하여 일단 대양으로 물렸다는 내용이었다. 그리고 일본을 계속 위협해 개항을 시킬지는 조선의 강경한 요구와 4년 유예 약속을 본국에 보고한 뒤, 그 훈령에 따르겠다는 답변을 한 것이다.

그가 나가자마자 병호는 이상적을 시켜 지금은 태평관 자리에 대사관을 지어 이주한 청나라 대사 목창아를 부르도록 했다. 목창아는 병호를 만난 것이 큰 행운인 사람이었다.

원래대로라면 그는 도광제의 총애를 받지만, 함풍제(咸豊

帝)가 즉위한 후에는 바로 축출되어 비탄 속에 작년에 죽었어야 할 인물이었다. 그러나 병호와의 친교를 바탕으로 주 대한제국 대사가 되어 아직도 목숨을 부지하고 있으니, 이것이 어찌 큰 행운이 아니겠는가.

아무튼 한 시진 후 목창아가 들어오자 병호는 서로의 인사가 끝나기 바쁘게 엉뚱한 제안을 했다.

"그동안 내정간섭인 것 같아 태평천국의 염비들을 물리치는 일에 대해 우리 대한제국이 주저했지만, 이대로 두면 북경이 위험할 정도이니, 더 이상은 두고 볼 수가 없게 되었소. 따라서 청 조정을 도와 그들을 물리쳐 줄 수도 있으나, 엄연한 내전에 대한제국의 군사들이 피를 흘린다는 것이 여전히 꺼림칙하기는 하오. 하니 목 대인께서는 이를 감안해 주셨으면 좋겠소."

"대가를 바라는 것이옵니까? 각하!"

머리 회전이 빠른 자답게 바로 핵심을 짚어 질문하는 목창아였다. 이에 병호가 묵묵히 고개를 끄덕이고 말이 없자 대신 배석하고 있던 이상적이 말문을 열었다.

"요하 이동은 예로부터 우리 고유의 영토였소."

"말도 안 되는 소리! 우리 청국의 발원지를 내달라는 것은 곧 우리 조상을 팔라는 것인데……"

점점 격앙되가는 목창아를 손을 저어 만류한 이상적이 말했다.

"청국이 2만 6천의 동북 방면 군사를 북경 사수를 위해 빼 가는 바람에, 그곳이 텅 비다시피 했다는 것을 우리도 일찍이 알고 있소."

"그야 수호조약을 맺은 대한제국인지라 안심하고 뒤를 맡 긴 것이지……."

이 대목에서 또 손을 저어 만류한 이상적이 자신의 견해를 피력했다.

"이대로 장발족(변발에 반발해 태평천국의 무리는 모두 머리를 길렀으므로 그렇게도 부름)에게 나라 전체를 내주는 것보다는, 일부를 대한제국에 양도하는 것이 더 나을 것이라는 것은 삼 척동자도 셈할 수 있을 것이오. 하니, 목 대사께서는 우리에게 항의를 할 것이 아니라, 우리의 제안을 북경에 속히 상주하여 그 비답을 받는 것이 일국 대사의 역할이라고 보오만?"

"끙……! 정녕 대한제국을 믿었는데 아국이 어렵다고 뒤통 수를 치면……."

"심장이 제압당하면 종내는 죽음에 이를 것인데도 목 대사 는 참으로 여유가 있는 것 같소."

"휴……!"

긴 한숨을 내쉬며 목창아가 아무리 머리를 굴려보아도 대 한제국의 제안은 분명 청나라 조정에서는 반길 만한 제안이었다. 그렇지만 속국이라 우습게 알던 조선에게 왕조의 발상지인 요하 이동까지 내준다는 것은 감정적으로는 절대 응할 수 없는 사안이었다. 그렇지만 현실은 냉엄하기만 했다.

1949년 섣달, 수만 무리로 양광(兩廣: 광동 광서)을 무대로 반란을 일으킨 태평천국의 난은 원역사와는 조금 다르게 전개되고 있었다. 이는 병호가 이 반란에 적극 개입했기 때문이었다.

영국 포로들과 교환한 4만 정의 니들 건과 종이 탄약을 염군에게 비밀리에 공급했고, 이들이 이 무리에 적극 개입함으로써 그 세력이 배가 된 탓이었다.

이 무리들은 2년 만에 남경성을 청군에게서 빼앗은 것은 물론 그 세를 빠른 속도로 넓혀 지금은 호광(湖廣: 호남 호북)은 물론 강소, 안휘를 손에 넣고 하북까지 진출해, 북경이 코앞인 천진까지 위협하고 있었다.

이들의 지닌 세를 볼 때 이 과정이 좀 더 빠르게 진행될 수 있었으나 2년 전 자체 내분으로 잠시 주춤한 바람에, 그나마 그들의 북상 속도가 떨어져 이 정도의 세를 유지하고 있는 것이다.

그 내분이란 것은 다름 아닌 순수한 태평천국의 무리와 염군(鹽軍), 즉 병호가 지원한 장락행의 옛 염호 무리들이 남경성을 두고 주도권 다툼을 벌인 일대 사건이었다.

그 결과 태평천국의 무리에 비해 압도적인 화력을 지닌 염군이 확실한 우세를 점해 양 진영 간에 타협이 이루어졌다. 즉 기를 차지한 장강 이남은 염군이 점유해 강서 쪽으로 세력을 불려 나가고, 태평천국의 무리는 장강 너머로 진출해 그 북쪽으로 세력을 넓혀 나가기로 하는 타협안이 성사된 것이다.

그 결과 태평천국의 무리가 작금에 이르러서는 북경이 코앞인 천진까지 위협할 정도로 성세를 이루고 있음에, 청 조정으로서는 대한제국의 제안이 가뭄의 단비처럼 반가울 수도 있었다.

그러나 목창아의 말대로 자신의 발상지를 내주어야 한다는 것은 참으로 견딜 수 없는 수모였기에, 청 조정이 이를 받아들일지는 조금 더 지켜보아야 한다고 병호는 내심 판단하고 있었다.

아무튼 이런 상황 속에 결국 목창아는 이상적의 말을 받아들여 일단 청 조정에 대한제국의 제안을 전달하기 위해 바로 병호의 집무실을 빠져나갔다.

*　　　*　　　*

영국 특사가 애로호사건을 벌이겠다고 사전 협의를 하고

갔음에도 병호가 이렇게 여유를 부리는 데는 다 이유가 있었다. 애로호사건을 계획한 영국 정부는 실제로 병력을 파견하려고 들지만, 때마침 자신들이 식민지화하고 있는 인도에서 벌어진 세포이 반란으로 인해 청국 출병 자체가 일 년 지연이 된다.

청국이 최고의 위협을 받고 있는 이 시점에 영국의 출병 자체가 1년 지연되는 것을 미리 계산에 넣고, 그 막간을 이용해 최대한 이익을 챙겨놓는다. 그리고 그들이 막상 출병하면 그때는 상황에 맞게 달리 대응할 셈으로, 병호는 복잡한 정세 속에서도 이런 일을 기획하고 있는 것이다.

이런 가운데 연두 순시도 완전히 끝난 이월 초순. 이번에는 일본에서 다이로(大老) 홋타 마사요시(堀田正睦)를 단장으로 한 사절단이 파견되어 왔다. 금년 48세의 그는 원역사에서 적극적인 개항과 통상을 주장했으며, 미일 통상수호조약을 주도적으로 이끌던 인물이었다.

아무튼 이들을 맞아 병호는 지난번과 같이 통역까지 세 명만 입회할 수 있도록 제한을 두고, 그들과의 면담 자리를 마련했다. 서로 수인사가 끝나자 홋타 마사요시가 먼저 발언을 했다.

"본 막부에서는 사쓰마 번에 명해 유구에서 완전히 손을 떼도록 했습니다."

이 말을 받아 이상적이 질문을 던졌다.

"그 말을 양국 간에 통상수호조약을 체결하자는 제안으로 받아들여도 되겠습니까?"

"그렇습니다."

"하면 양국은 이제 정식으로 대사급 외교 관계를 맺고 전면적 개방을 실시하여 상호 통상의 자유를 보장하되, 두 나라 중 한 나라가 타국의 위협을 받을 시에는, 상호 군대를 파견하여 상대국을 지켜주어야 하오. 이 제안을 틀림없이 원하고 지킬 것이오?"

"솔직히 우리 막부로서는 더 이상 다른 선택의 여지가 없게 되었습니다. 미국의 상시 위협도 위협이지만, 그보다는 지금 내부 불만을 처리하지 않으면 자칫 내전으로 발전할 소지가 다분하기 때문입니다."

모르는 척 다시 이상적이 질문을 던졌다.

"내부 불만이라 하면?"

이 질문에 타카히로가 벌레 씹은 표정으로 우물쭈물 답변을 못하고 있는데, 함께 참여한 가쓰 가이슈가 망설임 없이 답했다.

"작금에는 각 번마다 개혁 세력이 상당한 세력으로 불어나 요직에 등용됨은 물론, 그들이 막부의 통제에도 불구하고 경쟁적으로 외국과의 통상으로 부를 늘리려 하니 더 이상 막부에서 이를 저지하려다가는 자칫 제방이 터지는 사고가 날 것 같아 둑이 터지기 전에 미리 물줄기를 돌려놓자는 것이죠."

고개를 끄덕인 병호가 다른 질문을 던졌다.

"막부의 명에 사쓰마 번이 반발할 것은 불을 보듯 훤한데, 그들에 대해서는 어떤 대책을 세워놓았소?"

"쇼군께서 우리를 파견하시기 전, 일본 내 전 번주들을 불러들여 대한제국의 요구를 전하면서 말씀하신 게 있습니다. 각 번주들의 요구대로 모든 나라에 다 문호를 개방할 수는 없다. 단지 조선에 한해 문호를 개방을 하려 한다. 그러자면 사쓰마 번의 양보가 절대적으로 필요하다. 따라서 사쓰마 번이 막부의 명을 거역하게 되면 다른 번주들에게 해를 끼치는 행위요, 궁극적으로 전 일본 번주들의 이익과 반하는 행위이니, 자숙하기 바란다는 내용으로 설파를 했죠. 이에 대의명분에서 밀리는 사쓰마 번주로서는 막부의 명에 따르겠노라는 답변을 그 자리에서 했으나, 내심으로는 앙앙불락할 테니 그들이 앞으로 어찌 나올지는 두고 볼 일이죠."

말없이 고개를 끄덕인 병호가 다시 말했다.

"좋소! 양국 간에 통상수호조약을 체결하되 외문대신은 일본 사절이 귀국할 때 동행해, 쇼군의 인준을 받아오도록 하시오."

"알겠습니다, 각하!"

"감사합니다, 각하!"

각자의 다른 대답을 들으며 병호는 이상적에게 추가 지시를 했다.

"일본의 일이 끝나는 대로 외무대신께서는 유구에도 들러 그들과도 상호 통상조약을 체결하도록 하시오."

"네, 각하!"

병호가 이런 지시를 일본 대표 사절이 보는 앞에서 내리는 것은, 사쓰마 번이 유구왕국에서 손을 떼는 것을 기정사실화하기 위해서임은 두말할 것도 없었다.

*   *   *

그로부터 한 달 보름이 흐른 3월 중순.

미국 영사 글린이 이상적을 통해 병호에게 면담을 신청해 왔다. 이에 병호가 수락하니 그가 이상적과 함께 아침부터 병호의 집무실로 찾아들었다.

"양국 간의 거리가 있다 보니 이제야 본국의 훈령을 받았습니다."

이렇게 운을 뗀 글린은 병호가 고개를 끄덕이는 것을 보고 본론으로 들어갔다.

"만약 대한제국이 4년 후에는 아국이 일본을 개항시킨다 해도 아무런 이의도 제기하지 않을 것을 문서로 확약해 준다면, 대한제국의 요구에 따라도 좋다는 내용을 전해왔습니다. 문서로 확약해 주실 수 있겠습니까? 각하!"

"좋소. 우리의 의견을 존중해 주는데 그 정도도 못해준다면 양국 간의 우의에 금이 가겠지요. 하지만 이를 기회로 양국의 대사급 외교 관계도 복원시켰으면 좋겠는데 영사의 의사는 어떻소?"

"저도 적극 찬성합니다. 하지만 이 또한 본국의 훈령을 받아야 할 사안이므로 당장은 뭐라고 답변하기 어렵습니다, 각하!"

"알겠소. 대한제국의 의사를 본국에 전하고 그렇게 하는 방향으로 합시다."

"알겠습니다, 각하!"

이때 이상적이 정보부의 보고로 알면서도 끼어들었다.

"당연히 일본에 진출했던 일곱 척의 전함도 철수하는 것이지요?"

"이미 철수한 지 오래입니다. 아시다시피 석탄과 여타 장병들의 보급 문제 때문에라도 오래 대양에 머물 수는 없어서 회항했습니다."

"자, 이제 양국 간에 놓여 있던 큰 걸림돌이 제거되었으니, 양국이 앞으로는 더욱더 우호 증진에 힘쓰도록 합시다."

"네, 각하!"

이렇게 해서 미국을 굴복시킨 병호는 곧 글린이 물러가자 내심 긴 한숨을 내쉬었다. 만약 미국과 전쟁을 벌인다면 이기는 것이 당연하겠지만, 그렇게 되면 자신이 세운 계획에 차질이 빚어진다. 즉, 청국의 파견 문제 때문이었다.

다음 날.

지금까지 대한제국의 제안에 답변이 없던 청국의 훈령이 도착했는지 목창아가 이상적을 통해 병호에게 면담을 요청해 왔다. 이에 병호가 바로 승낙하니 이날 오후에 병호의 집무실에서 이상적이 배석한 가운데 목창아와의 면담이 이루어졌다.

서로 마주 앉았어도 침통한 표정의 목창아는 한동안 말이 없었다. 병호 역시 그런 그를 주시하며 침묵을 유지했다. 그러자 어쩔 수 없이 목창아가 먼저 말문을 열었다.

"아국은 대한제국의 요구에 응하기로 했습니다. 그 대신 염비들을 확실히 토벌해 줄 것을 간곡히 부탁드립니다, 각하!"

"지척지간에도 불구하고 청국이 무려 두 달 동안이나 답을 못해 온 것을 보고 귀국의 고충을 짐작할 수 있었소. 하지만 내정간섭을 한다는 것이 우리로서도 내키지 않는 일인 데다, 잦은 해외파병은 아국 백성들도 달가워하지 않는 일이 되어서 그런 대가를 요구했던 것이오. 그나저나 상황이 더욱 엄중해

졌으니 우리에게도 큰 부담이오."

병호의 말대로 지금 태평천국의 무리와 청국군은 천진에서 치열한 전투를 벌이고 있었다. 그랬기에 마뜩지 않은 대한제국의 제안으로 내부 갈등을 겪던 청국도 어쩔 수 없이 금번에 받아들인 것이다.

여기에 영국의 계획적인 도발까지 겹쳤다. 즉 애로호사건을 일으킨 것이다. 그러니 청국으로서는 진퇴양난에 처해 더 이상 지체할 수 없어, 금번에 요하 이동을 대한제국에 떼어줄 것을 결심하게 된 것이다. 그들로 보면 살을 도려내는 그 이상의 아픔을 감수하고서라도.

"그래도 대한제국이라면 염비들을 확실히 물리쳐 줄 것을 아국은 확신하고 있습니다."

"하하하……! 믿는 것은 좋으나 아국이 치러야 할 대가에 대해서는 눈을 감다니 좀 서운한데?"

"그럴 리가요? 청국 군대도 나 몰라라 하지 않고 더욱 열심히 싸울 것이니, 대한제국의 군대에게도 큰 도움이 되지 않겠습니까?"

이를 받아 이상적이 변죽을 울렸다.

"그렇다면 대한제국의 군대에게만 맡겨놓고 청국 군대는 발을 뺄 셈이었소?"

"그것은 절대 아니지요. 종전과 같이 싸우되, 든든한 대한제국의 군대까지 뒷받침을 하니, 이에 힘입어 더욱 분투할 것이라는 말이죠."

이에 두 사람의 언쟁(?)이 더 번지기 전에 병호가 나섰다.

"아무튼 좋소! 우리가 참전하기 전에 우리의 제안을 문서화합시다."

"알겠습니다. 각하! 전권을 위임받았으니 당장 이 자리에서 처리하죠."

"이제야 청국이 좀 급해졌군."

이상적의 말에 목창아의 얼굴이 붉어졌다. 그러나 자국의 이익을 위해서는 이 정도 수모는 감수해야지 어쩌겠는가. 곧 심호흡으로 분기를 달랜 목창아가 사전에 준비한 그들의 협정문 초안을 꺼내놓았다.

이상적이 받아 건넨 새로운 양국 국경을 정하는 협정문 초안을 읽어 본 병호는 노한 얼굴로 한동안 목창아를 쏘아보았다. 이에 자라목이 되어 시선 처리가 곤란한 목창아였다.

"장난하오? 지금! 혼하(渾河)를 국경으로 정하자니, 그것도 성경(盛京: 심양)은 빼놓고."

혼하는 요하의 동쪽 지류로 무순(撫順)과 심양(沈陽) 부근을 지나는 하천이며 요하 동쪽의 지천에 불과했다. 그래서 병호가 화를 내고 있는 것이다.

아무튼 그동안 협정문 초안을 양해를 얻어 읽어본 이상적도 빈정거림을 마다하지 않았다.

"요하와 혼하도 구별 못하다니 청 조정은 바보 천치만 모인 것이오?"

"그럴 리가요? 그래야만 우리의 발상지인 성경의 황성이나 황릉을 보호할 수 있기에……."

목창아의 변명에 병호가 조금은 진정된 표정으로 말했다.

"물론 그 심정을 이해 못하는 바는 아니나 너무하지 않소?"

"정녕 요하로 해야 되겠습니까? 그렇게 되면 열성조들의 능(陵)까지 모두 넘겨주게 되니 참으로 이는 아국이 감당할 수 없음입니다."

"그럼 이렇게 합시다. 성경의 황성(皇城) 및 고릉 일대는 치외법권 지역으로 설정하여, 대한제국의 그 누구도 드나들 수 없으며 그곳만은 청국이 관리하는 것으로 말이오."

"그렇게 해주신다면 얼마든지 타협의 여지가 있을 것 같사옵니다."

목창아의 말대로 병호의 제안은 적절했다. 저들의 자존심에 상처를 덜 입히면서도 요하까지 차지할 수 있는 제안이었기 때문이었다.

어느 왕조든 황조든 간에 자신의 발상지를 대단히 중요하게 생각하는 것은 당연했다. 따라서 드넓은 땅덩이를 소유하고 있는 청국 입장으로 보면 땅 조금 더 떼어주고 덜 떼어주고의 문제가 아니었다.

아무튼 전권을 위임받았다고 큰소리치던 목창아가 대한제국의 새로운 제안을 가지고 본국의 훈령을 받겠다는 말로 이날은 협의를 끝냈다. 아무래도 나중의 책임 추궁이 두려워 자신의 권한을 행사하지 않는 것으로 보였다.

그러나 대한제국의 입장에서는 이마저 뭐라 할 수는 없었으므로 그의 요구를 수용했다. 따라서 양국의 협정 체결은 더 늦춰질 수밖에 없었다. 이렇게 되자 이상적은 이 사안에 손을 떼고 병호의 지시를 이행하기 위해 일본 사절단과 함께 왜로 출발했다.

영국과 청국의 다툼이 치열해지고 청국과 태평천국 무리 간의 천진 공방도 치열한 속에서, 어느덧 스무 날이 훌쩍 지나 목창아가 다시 면담을 요청해 왔다. 이때는 왜와 유구를 순방 중인 이상적은 아직 돌아오지 않은 시점이었다.

따라서 양인이 마주한 가운데 병호가 웃는 낯으로 물었다.

"이번에는 훈령이 빨리 도착한 모양이오?"

"아무래도 열차가 이미 압록강까지 개통이 되어 있는 데다 조정도 빨리 결론을 도출해 주었기 때문이 아닌가 합니다."

물론 목창아의 말도 맞는 말이었지만, 그보다는 정세가 점점 청국이 불리해지는 쪽으로 전개되고 있는 것이, 청 조정을 기민하게 움직이게 했을 것이다. 그렇지만 병호는 이에 대해 아무런 내색을 않고 다시 물었다.

"그래, 어찌 되었소?"

"각하의 현명한 제안으로 조정도 큰 분란 없이 동요하와 서요하의 합류점인 쌍료(雙遼)를 기점으로, 대흥안령(大興安嶺)까지 일직선으로 긋는 양국 국경선의 확정안이 받아들여진 것 같습니다."

"좋소. 청국이 많은 양보를 했으니 우리 또한 성경의 황궁과 능을 지켜줌은 물론 태평천국의 무리들을 퇴치하는 데 최선을 다하겠소."

"감사합니다, 각하! 헌데 언제쯤 출병을 할는지……?"

"준비가 되는 대로 바로 출병할 것이니 너무 걱정 마오."

"그대로 조정에 보고하도록 하겠습니다, 각하!"

"좋소!"

이렇게 해서 대한제국의 영토는 더욱 넓어져 요하를 기점으로 대흥안령산맥까지 전부 대한제국의 영토에 편입되게 되었다. 이것은 정말 중요한 의미가 있었다.

고구려 발해 이후 이민족에게 내주었던 심양이 다시 대한제국의 영토가 된 것은 물론 자원 면에서도 한 획을 긋는 일대 전환점이 되었다. 무순탄전(撫順炭田) 및 본계(本溪), 안산(鞍山) 등의 대규모 탄전 및 철산이 대한제국의 것이 됨은 물론, 훗날 중요 자원인 석유의 대규모 매장지인 대경유전(大慶油田) 또한 아국의 영토에 편입되었기 때문이다.

흑룡강성 하얼빈(哈爾濱) 북서쪽 안다(安達) 근처에 있는 대규모의 대경유전은, 중국 최대이자 세계에서 네 번째로 큰 규모의 매장량을 가진 유전으로 중국 경제활동에 막대한 영향을 미친다.

1960년 개발 이후 중국 전체는 물론 북한과 베트남에 수출을 할 정도로 그 착유량이 엄청났으며, 이후에도 부근에서 더 많은 유전이 발견되어 중국 경제에 큰 도움을 준 대규모 유전이었다.

아무튼 이 합의를 내각과 황제에게 보고하고, 또 이 내용이 그 이튿날 바로 신문에 실리자 온 나라가 경축 분위기인 가운데 병호는 파병할 군대를 선정하는 작업에 돌입했다.

그 결과 병호는 함정 150척에 해군 2만5천, 해병대 5만 명 전원을 태평천국 무리 소탕 작전에 투입하기로 결정하고 이를 예하 부대에 전달했다. 여기에 이파를 불러 특수 공작조를 투입하도록 별도의 지시를 내렸다.

정보부 산하 특수 공작조는 남자 대원 5천 명에 여자 대원 500명으로 구성되어 있었다. 남자 대원의 경우 군에서도 우수한 자원을 선발해 훈련시킨 요원들이었고, 여성들은 지금도 해마다 300명을 뽑는 기생들 중 미모는 물론 체격 조건이 우수한 여성을 대상으로 본인의 동의하에 선발해 훈련시킨 요원들이었다.

이들의 무기는 주로 권총과 독침 등이며 임무는 첩보, 공작은 물론 후방의 교란 및 여론전, 주요 인물 암살 등 상부에서 지시하는 사항을 이행하게 되어 있었다. 이런 정예 요원들 중 병호는 남자 1천 5백 명, 여자 150명을 태평천국의 무리 소탕 작전에 동원하도록 이파에게 긴급 지시한 것이다.

이어 병호는 양국 국경 부근의 한천에 주둔하고 있던 10만 명의 육군을 신속히 새로운 국경선인 요하 부근으로 이동하도록 조처했다. 병호가 이 모든 조처를 다 끝내고 한숨 돌리는데 태황태후전의 최 상궁이 병호를 찾아와 태황태후가 찾는다는 전갈을 전했다.

이에 병호는 선평문(宣平門)을 지나 대조전(大造殿)으로 들어섰다. 대조전은 원래 중궁(中宮)의 내전(內殿)을 겸한 침전(寢殿)으로 쓰였으나 경복궁이 새로 조성되는 바람에, 황후의 거처를 경복궁으로 옮기게 되어 빈 것을 태황태후가 사용하게 된 것이다.

아무튼 병호가 대조전에 드니 황제도 함께 청했는지 그도 이미 당도해 있었다.

이에 병호가 급히 두 사람에게 인사를 했다.

"황상과 태황태후마마를 뵙습니다."

"어서 오오!"

금년 69세로 머리가 이미 백발이 된 태황태후의 인사에 병
호가 황급히 또 한 번 머리를 조아렸다.

"듣자 하니 금번에 우리의 영토를 옛 선조들의 땅인 요하까
지 넓혔다면서요?"

"네, 마마!"

담담한 얼굴로 답하는 병호를 보고 태황태후 김 씨가 미소
띤 얼굴로 물었다.

"헌데 어찌 기쁜 얼굴이 아니오?"

"영토를 넓히는 것은 좋으나 우리 젊은이들의 피를 대가로
쟁취하는 영토이니 마냥 기뻐할 수만은 없음입니다, 마마!"

"물론 그렇기야 하겠지요. 하지만 어느 영토를 쟁취한들 우
리 젊은이들의 고귀한 희생 없이 일이 성사되겠소? 하니 너무
무거운 얼굴 하지 말고 얼굴 좀 펴시오."

"네, 마마!"

태황태후의 말에 병호가 어쩔 수 없이 미소를 짓자 태황태
후가 웃으며 말했다.

"호호호! 그러니 그 얼마나 보기 좋소."

그녀의 말에 병호가 말없이 미소를 짓자 그녀가 다시 말했
다.

"내 황상과 총리를 청한 까닭은 우리의 고토를 회복했다니

이를 경하하기 위함도 있지만, 내 수가 이젠 정말 얼마 남지 않은 것 같아 특별히 당부를 좀 하려 하오."

"말씀하시죠, 마마!"

그녀의 말에 병호는 물론 황제마저도 고개를 조아리는 가운데 그녀가 엄숙한 얼굴로 말했다.

"다른 것이 아니라 종묘사직에 관한 일이오. 우리 대한제국이 나날이 발전하는 것은 좋으나, 혹여 그 과정에서 불순한 무리들이 황실을 없애자고 주장할 소지도 있는지라 총리께서 이를 적극적으로 말려주시고, 황상은 지금과 같이 나라의 어른으로서 중심을 잡고 가급적 정사에는 관여치 않는 게 좋겠소."

"명심하겠사옵니다, 마마!"

"명심하겠사옵니다, 어마마마!"

황제가 태황태후에게 '어마마마'라 칭한 것은 전혀 틀린 호칭이 아니었다. 그는 형식상 순조의 아들로 왕위를 계승하였기 때문이었다.

"조카!"

"아, 네!"

갑자기 자신을 조카라 부르자 깜짝 놀란 얼굴로 병호가 황급히 답했다.

"내 노파심에서 다시 한번 묻거니와 이 늙은이의 마지막 소원을 들어주는 것이죠?"

"물론입니다, 마마!"

병호가 확실하게 답하자 태황태후가 미소 띤 얼굴로 말했다.

"좋아요! 최 상궁!"

"네, 태황태후마마!"

"준비한 주안상을 들여요. 모처럼 나도 황상과 총리와 함께 술 한잔 마시게."

"네, 마마!"

곧 최 상궁이 아랫사람에게 지시를 하자 얼마 후 바로 주안상이 들어왔다. 이에 병호 또한 태황태후와 한동안 함께 어울렸다. 그녀의 말마따나 그녀는 올 8월 4일 69세로 승하하므로, 정말 마지막 술자리일지도 모른다는 생각에 많은 시간을 할애한 것이다.

＊　　　＊　　　＊

한편 일본 에도에 도착한 외무대신 이상적은 동행한 홋타 마사요시(堀田正睦)에게 물었다.

"먼저 교토로 가 천황을 먼저 찾아뵙는 것이 예의 아니겠소?"

마사요시가 이상적의 말에 쓴웃음을 지으며 답했다.

"굳이 그럴 필요 없습니다."

"무슨 말이 그러하오?"

"거참……!"

마사요시가 답을 못하고 먼 산만 바라보고 있는데 옆에 있던 가쓰 가이슈가 답했다.

"솔직히 천황께서는 외국과의 통상을 철저히 반대하십니다."

"우리 조선과의 통상도요?"

"조선에 대해서는 양이들에 비하면 조금은 우호적이나 전면 개방까지 하는 것은 찬성하지 않는 입장이십니다."

"하면 나중에 큰 문제가 발생하는 것 아니오?"

"원래 외교를 포함하여 정무 일체는 막부가 담당해 왔으니 큰 문제는 없습니다. 하고 문제가 터지더라도 그것은 우리 막부에서 감당할 일입니다."

떫은 표정으로 답하는 마사요시의 벗겨진 이마를 바라보며 이상적은 곤란한 표정을 지었다.

"어쨌거나 그래도 대외적으로 나라를 대표하는 것은 천황 일진데, 그냥 밀어붙이다가는 양국 간에 나중에 큰 문제가 발생하는 것 아니오?"

이상적의 말에 미간을 찌푸리며 생각에 잠겼던 가쓰 가이슈가 무슨 생각이 들었던지 마사요시에게 무어라 귓속말을 했다.

이에 이마를 찌푸리며 생각에 잠겼던 마사요시가 답했다.

"그렇게 진행을 하더라도 쇼군의 허락을 득한 후에 하는 게 나을 것 같네."

"물론 그래야지요."

"무엇을 논의하는 것이오?"

이상적의 물음에 가이슈가 답했다.

"통상수호조약에 대한 천황의 칙서를 받을 일을 논의했습니다."

그러나 이상적은 무언가 미심쩍은지 고개를 갸우뚱했다. 그러자 마사요시가 말했다.

"일단 쇼군부터 만나보시고 천황을 알현하는 일은 그 후로 미루는 게 어떻겠습니까?"

"이곳의 형편이 그렇다니 객으로서는 따라야겠지요."

그렇게 답한 이상적은 그들의 안내로 막부에 들어 하룻밤을 유하고 다음날 아침 일찍 현 쇼군인 도쿠가와 이에사다(德川家定)를 예방하러 갔다. 머지않아 정청에 도착한 이상적은 겁을 주려는지 양쪽으로 죽 늘어선 각 다이묘들과 로주(老中) 다이로(大老)들을 보고도 전혀 흔들림 없는 자세로 정중앙에 위치한 쇼군에게 눈길을 주었다. 그리고 곧 허리 굽혀 예를 표하며 말했다.

"대한제국의 외무대신 이상적이 쇼군을 뵈오이다."

이에 금년 34세의 젊은 쇼군 도쿠가와 이에사다가 인사를
받았다.

"어서 오오. 원로에 고생이 많았소이다."

"별말씀을."

겸양하면서도 이상적은 내심 고개를 갸우뚱하지 않을 수
없었다. 이 인사를 나누는 짧은 순간에도 쇼군의 모습이 무언
가 이상했기 때문이었다.

병약해 보이는 정도를 넘어 몸이 상당히 불편해 보였기 때
문이다. 인사를 나누는 그 잠깐 동안에도 그는 때로 머리를
떨기도 했고 수시로 얼굴이 일그러지기도 했다.

이상적이 궁을 벗어나 알게 된 일이지만 어려서 뇌성마비를
앓아서 그렇다 했다. 그래서 그런지 그에게는 아직도 후계자
가 없어 지금 일본은 공공연하게 후계자 다툼이 벌어지고 있
다고 가이슈가 귀띔을 해주었다.

아무튼 이상적이 본 용건을 개진했다.

"양국의 통상수호조약을 체결하러 왔습니다. 쇼군!"

이에 도쿠가와 이에사다가 머리를 뒤로 젖히더니 한쪽 다리
를 들어 올리고서야 말을 뱉기 시작했다.

"일부 다이묘들과 로주, 또 천황 폐하의 반대가 있지만, 그

간 대한제국이 미국의 부당한 간섭을 적극적으로 막아주고, 또 양이와는 달리 처신하리라 보고 우리 일본은 오로지 대한제국에게만 전적으로 문호를 개방함은 물론, 나라의 운명을 맡기려함이니 이를 대한제국이 배려해 주었으면 좋겠소이다."

일단 말을 꺼내자 청산유수처럼 쏟아지는 그의 논리 정연한 말을 듣고 이상적은 내심 멸시하던 마음이 쏙 들어갔다.

"일부 다이묘나 노중의 반대야 어느 나라든 왕왕 있는 일이니 큰 근심거리가 아니나 천황의 반대는 나중에라도 문제가 되지 않을런지요?"

"외교를 포함한 일체의 정무를 우리 막부에서 주관하니 큰 문제는 없을 것이라 보오."

이때 이상적과 같이 서 있던 홋타 마사요시(堀田正睦)가 쇼군에게 제안을 했다.

"국가의 중대사를 모두가 모인 가운데 처리하는 것은 의견이 분분할 소지가 다분하니, 로주와 다이로만이 모인 가운데 논의했으면 하옵니다, 쇼군!"

"일리 있소! 각 다이묘들은 즉시 퇴청들 하시오!"

"네, 쇼군!"

쇼군의 일언지하에 일본에서는 그래도 힘 깨나 쓴다는 다이묘들이 즉각 자리에서 일어나 정청을 벗어났다. 그들이 나가자 장내에는 로주 이이 나오스케(井伊直弼)와 마쓰다이라 요시나가(松平慶永)만이 남았다.

곧 대로(大老)인 홋타 마사요시(堀田正睦)와 책사 가쓰 가이
슈가 합류했고, 이상적 또한 이들과 함께 쇼군 가까이 앉았
다. 여기서 로주와 다이로는 말이 반복해 나오는데 그에 대해
잠시 설명을 하고 넘어가면 다음과 같다.

로주, 다른 말로 노중(老中)은 일본 에도 시대, 막부 및 번의
직책명이다. 정이대장군의 직속으로 국가 정사를 통솔하는 직
책이나 원래 에도 막부 이전부터 존재한 직명은 아니었다. 도
쿠가와 집안의 요리키(年寄) 제도에서 유래해 간에이 연간에
정식 관직 명칭으로 정착됐다. 노중의 '중(じゅう,中)'은 경칭이
다.

다이로, 즉 대로(大老)는 에도 막부의 비상근(非常勤) 직제
로 정이대장군의 보좌역이며 로주의 윗등급인 최고직이다. 다
만 '대로'라는 말 자체는 에도 막부만의 것이 아니고, 일반적으
로 영주들이 중심이 된 집정 기관의 최고 책임자 군을 가리키
는 광범위한 의미로 쓰였다. 도요토미 정권의 오대로 등이 유
명하다.

아무튼 최고위직만 남게 되자 책사 가이슈가 공손히 부복
하더니 쇼군에게 아뢰었다.

"대한제국의 외무대신께서 천황의 칙허를 시종 걱정하니 홋
날을 위해서라도 금번에 폐하의 칙허를 득하는 게 어떻겠습니

까? 쇼군!"

"방법이 있나?"

"가즈노미야 지카코 내친왕(内親王:여자 황족을 일컫는 칭호)을 이용하는 게 어떻겠습니까?"

"무슨 소린가?"

"대한제국의 실세 총리와 황녀 간의 혼인을 추진하는 것입니다. 하면 폐하께서도 친족이 되시니, 더는 양국 통상수호조약에 반대하기가 어렵게 될 것이옵니다."

"이미 여섯 살이 되던 해에 아리스가와노미야 타루히토 친왕과 약혼한 사실을 잊었단 말인가?"

쇼군이 불쾌한 낯빛으로 받음에도 갸이슈는 얼굴색 하나 변하지 않고 말했다.

"파혼을 시키면 되지 무엇이 걱정이옵니까?"

"흐흠……!"

쇼군이 침음하며 생각에 잠기는데 노중 이이 나오스케가 말했다.

"좋은 방안 같사옵니다. 쇼군! 요즘 천황가의 동태를 살펴보면 외적으로는 서양 오랑캐들을 배척한다는 구실로 각 다이묘들을 포섭하는 것 같사옵니다."

"그래? 그러면 더 이상 주저할 것이 없지. 당신이 가서, 아니, 다이로 당신이 직접 가서 성사시키고 오시오."

"네, 쇼군!"

일은 엉뚱한 쪽으로 일사천리로 진행되려 하고 있었다. 이에 이상적은 내심 득실을 계산해 보았다.

잠시 후 이상적이 얻은 결론은 대한제국으로는 유사시 인질 하나를 잡아두는 것이니 결코 나쁘지 않다는 생각에, 가만히 돌아가는 꼴을 지켜보기로 했다. 그런 가운데 쇼군이 다시 입을 떼었다.

"대한제국의 외무대신이 칙허를 걱정하니 칙허를 얻는 대로 양국의 통상수호조약을 체결하는 것으로 하고 그간은 편히 쉬시지요. 때로 우리의 식사 초대에 응해주시면 감사하겠습니다."

"알겠습니다, 쇼군!"

"오늘밤부터 시간을 내주시겠습니까?"

"영광입니다, 쇼군!"

이렇게 해 이상적은 쇼군의 만찬 초대며 노중들의 식사 초대에 응하며 틈틈이 필요한 정보를 모았다.

그 결과 전에 가이슈와 대한제국을 찾았던 노중 타카히로(崇廣)는 개국을 반대한다는 이유로 축출되었음을 알 수 있었다. 또 양국 혼사의 한 당사자인 가즈노미야 지카코 황녀에 대해 알아보니, 그는 전대 천왕인 닌코천황(仁孝天皇)의 팔 황녀로 유복자였다.

또한 금년 나이는 겨우 12세로, 나이를 알고는 이상적도 실소를 금할 수 없었다. 또 건강에 대해서도 물어보았으나 특별히 아픈 곳이 있거나 병약하지는 않다는 말을 들었다. 아무튼 이렇게 이상적이 시간을 보내고 있자니 오 일 만에 다시 쇼군의 부름이 있었다.

이상적이 다시 등청해 수인사를 나누고 현안을 물었다.

"어떻게 되었소이까?"

이에 황성이 있는 교토까지 다녀온 다이로 홋타 마사요시가 답했다.

"혼사를 승낙하셨소이다."

"칙허는요?"

"그것은… 끝내 반대하셔서 얻어내지 못했습니다."

이에 이상적이 인상을 찌푸리자 쇼군이 급히 말문을 열었다.

"일전에도 내가 말한 바와 같이 외교를 포함한 모든 정무는 본 쇼군이 책임집니다. 하니 대한제국에서 하등 걱정할 일이 아닙니다."

이 말에 이상적은 내심 이 문제를 곱씹어 보았다. 저들이 하는 양을 보아하니 강제로 천황의 이복동생을 파혼시켜 대한제국에 보내려 하는 것 같았다. 따라서 이는 앞으로 천황과 막부 사이에 갈등 요인으로 작용할 것이란 생각이 들었다.

만약 자신의 예상대로 양 정점 사이에 자중지란이 일어난다면 대한제국으로서는 결코 손해볼 일이 없는 장사였다. 내심 이런 결론에 이르자 이상적은 인상을 펴며 힘차게 답했다.

"좋소! 기왕 내가 여기까지 온 김에 예정대로 한일 통상수호조약을 체결하는 것으로 합시다."

"고맙소이다!"

이렇게 해서 대한제국과 일본 간에는 상호 통상수호조약이 체결되었다. 그 내용 중 중요한 것을 언급하면 다음과 같다.

1. 양국 어느 한 나라가 제3국으로부터 부당한 침략을 받을 경우 조약국인 대한제국과 일본은 즉각 이에 개입, 거중조정 내지 상호 군대를 파병하여 양국의 안보를 보장한다.

1. 양국은 상호 독립국의 한 개체로 인정하고 대사급 외교관을 상호 교환한다. 국제관례에 따른 치외법권 또한 인정한다.

1. 한일 양국 국민은 상대국에서의 상업 활동 및 토지의 구입, 임차(賃借)의 자유를 보장할 뿐만 아니라 영토권을 인정한다. 한일 양국 간에 문화학술의 교류를 최대한 보장한다.

1. 양국국민은 상호 어느 장소에서든 상업 활동을 행할 수 있으며 군함의 기항 또한 어느 장소든 허용한다.

1. 양국은 상호 최혜국 대우를 보장하며 무관세로 모든 물품을 거래한다.

이외에도 측량에 관한 사항 여타 자잘한 조항이 많았으나 위의 내용이 가장 중요한 내용이었고, 양국이 첨예하게 대립한 조항은 무관세로 모든 물품을 거래한다는 문구였다.

이에 대한제국에 경제가 예속될 것을 걱정한 일본 측의 반발이 있었으나, 이상적은 안보 조약을 들어 이 부분을 끝내 관철시켰다. 즉 말로는 서로 군사 지원을 한다지만 실질적으로 일본이 양이로부터 침략받을 경우 조선이 파병하여 지켜주어야 하므로, 최소 이런 정도의 혜택은 주어야 형평성에 맞다는 이상적의 강력한 주장에, 그들이 어쩔 수 없이 승낙함에 따라 이 조약이 양국 간에 정식으로 체결되었다.

이 모든 것이 끝나자 이상적은 곧 병호의 지시대로 유구로 출발하려는데 다이로 훗타 마사요시가 찾아와 말했다.

"이제 가장 중요한 현안은 가즈노미야 지카코 황녀와 귀국 총리의 혼사 문제입니다. 따라서 이 문제도 조속히 마무리 짓고 싶습니다."

"내 유구왕국을 들러 귀국하는 대로 아뢸 것이니 너무 걱정 마오."

"바로 나와 함께 귀국해 아뢸 수는 없습니까?"

"무엇이 급하다고……?"

"쇠도 뜨거울 때 두드리랬다고 질질 끄는 것은 양국의 선린

우호를 위해서도 바람직하지 않을 것 같아서 말이죠."

"거참……! 우리에게는 유구왕국의 문제도 중요하단 말이오. 총리 각하의 지시도 있었고."

"유구야 이미 쇼군께서 사쓰마 번에 손을 떼라 명하셨으니 달리 변동 사항이 생길 일이 없잖습니까? 하고 사쓰마 번에도 정리할 시간을 주어야 하니 내 말대로 하시죠."

"거참……!"

난처한 표정으로 망설이던 이상적이 아무래도 이상한 생각이 들어 물었다.

"혹시 무슨 문제가 있어 이렇게 서두르는 것 아니오?"

"보시다시피 사실 쇼군이 병약하시다 보니 언제 돌아가실지 몰라 요즘 후계자 문제로 다툼이 이는 것은 둘째 치고라도, 쇼군께서 어느 날 덜컥 가시게 되면 만사휴의가 될까봐 조심스럽습니다."

"다음 대 쇼군이 번복할까 봐 그런 거요?"

"그렇게 되면 우리 측이 실언을 하게 된 것이니, 양국의 우호 증진은커녕 큰 결례 아니겠습니까? 자칫하면 양국 간의 외교 문제로 비화될 수도 있고요."

"물론 일리는 있습니다만……."

여전히 이상적이 망설이자 마사요시가 애달아 말했다.

"그래야 양국 관계도 순탄합니다."

"무슨 말이오?"

"억지라도 양 가문에 혼사가 맺어지면 개국을 반대했던 고메이 천황도 반발의 기세를 누그러뜨릴 수밖에 없을 것 아닙니까?"

이렇게까지 쇼군을 제외한 실력자가 사정을 하는 데다 정말 그의 말대로 일이 틀어지면 양국이 기껏 맺어놓은 조약이 휴지 조각이 될 수도 있다는 생각에 망설이던 이상적도 마침내 결심을 하고 말했다.

"좋소! 하면 다이로께서 동행하는 것이오?"

"물론입니다."

"그렇게 하도록 합시다. 다 좋은데 황녀의 나이 어린 것이 조금 걸리니, 함께 설득해 보도록 합시다."

"이심전심이오."

기쁜 빛으로 답하는 마사요시란 인물은 자신의 번 개혁에도 성공한 유능한 인물이었다.

그가 번주가 된 이래 그는 가로들의 권력 남용, 번 무사들의 기풍 문란, 재정의 궁핍을 가장 큰 문제로 삼고 개혁에 나섰다. 그는 가로들을 견제하는 한편 자신의 측근을 수장으로 삼아 착실하게 개혁에 임했다.

번의 수입을 늘리고 재정을 안정시키기 위한 체재 정비에 착수했으며, 1만 5천량의 자금을 마련해 심각한 생활고에 시

달리던 번사들에게 무이자로 대출을 해주었다. 궁핍한 생활 끝에 높은 이자를 내고 돈을 빌려 생활하던 번사들을 고리대금의 악순환에서 구제코자 했던 것이다.

아울러 마사요시는 무사가 지켜야 할 덕목들을 선포하고 실천하도록 했다. 문과 무를 성실히 익히도록 자세한 사항을 법으로 제정했으며, 사치를 줄이고 검소한 생활을 실천하게 했다.

이런 노력 끝에 1843년에는 번사들에게 대출했던 금액이 전부 회수될 수 있었다. 무사들의 생활을 안정시키고 기강을 바로 세우기 위해 실시한 정책이 성공적으로 끝난 것이다.

이렇게 번을 성공적으로 개혁한 그는 다이로가 되어서도 일본이 이대로 있다가는 낙후되어, 틀림없이 양이들의 밥이 될 것을 알고 적극적으로 개혁을 주창하게 되었다.

그런 인물이기에 결실을 본 양국의 통상조약이 휴지 조각이 될까 봐 노심초사하고 있는 것이다.

이상적이 활약을 하고 있는 동안에 대한제국에서는 2만 5천 해군이 운용하는 함정 150척에 의해 5만 해병이 속속 청나라 천진으로 투입되고, 정보부장 이파가 운용하는 1,500명의 남자 공작원과 150명의 여자 공작원도 상선에 실려 은밀히 청국 땅으로 스며들고 있었다.

이렇게 세월이 흘러 온 나라에 지천으로 꽃들이 피어나는 계절이 되자, 일본에 파견되었던 외무대신 이상적이 돌아왔다. 그것도 혼자가 아닌 지난번 방문했던 다이로(大老) 홋타 마사요시(堀田正睦)와 함께 입국한 것이다.

이 사실을 접한 병호는 먼저 이상적을 자신의 집무실로 불러들였다.

"다녀왔습니다, 각하!"

"고생하셨소. 그래, 결과는?"

위로는 한마디. 결과부터 묻는 총리를 보고 성격이 되게 급하다는 것을 다시 한번 실감하며 이상적이 준비한 양국 합의문을 내밀었다.

"양국 합의문입니다, 각하!"

"어디 봅시다."

이상적이 내민 합의문을 받아 병호가 빠른 속도로 읽어 내려가기 시작했다. 잠시 후 병호가 그 내용을 다 읽고 생각에 잠기자 이상적이 부연 설명을 했다.

"다른 조항은 우리가 타국과 맺은 조약과 같이 불평등조약이 하나도 없습니다. 그러나 단 하나, 무관세 조항만은 우리가 상당히 득을 본 조항이고, 저들로 보면 불평등조약이 되겠지요."

"저들의 반대가 심했겠는데?"

"물론입니다, 각하! 그 조항 때문에 상당한 진통을 겪었습니다. 하지만 저들이 외침을 받으면 우리가 군대를 파견해 지켜 주겠노라고 계속 설득을 해, 그 조항을 관철시킬 수 있었습니다, 각하!"

"잘하셨소!"

한마디로 칭찬을 한 병호는 원역사에서 우리의 슬픈 역사가 떠올라 숙연하게 입을 다물었다. 구한말 조선이 외국과 맺은 대부분의 통상조약에는 이번 일본과 맺은 조약과 같이, 조세 주권을 포기하는 불평등 조항이 의례히 따라붙어 있었기 때문이다. 병호가 이런 생각을 하는 줄 모르는 이상적이 조심스럽게 물어왔다.

"뭐가 잘못되었습니까?"

"아, 아니오. 잘되었으니 이 조항 그대로 내각에 보고해 통과시키고, 황제의 제가를 받아 바로 실행에 들어가는 것으로 합시다."

"그전에 드릴 말씀이 있습니다."

"……"

병호가 말없이 고개를 끄덕이자 이상적이 다시 입을 떼었다.

"저쪽에서 총리 각하와 황실 간의 혼사를 제안하며 급히 이를 추진하고자 해, 유구왕국은 방문하지도 못하고 돌아왔습니다, 각하!"

"어쩔 수 없지. 유구야 다음에 방문하면 되는 것이고, 헌데 우리 황실이 아닌 나와 저들 황실 간의 혼사를 제의했단 말이오?"

"네, 각하!"

"기왕 정략결혼을 하려면 황실과 황실 간에 추진하는 것이 정상 아니오?"

"저쪽도 실세가 누구인지 너무나 잘 알고 있는 까닭에 총리 각하를 원하고 있습니다."

"허허, 거참……!"

병호가 어이가 없는지 실소하는데 이상적이 계속해서 말했다.

"그러나 하나 걸리는 게 있습니다."

"계속하시오."

"신부의 나이가 이제 겨우 올해 열두 살이라는 것입니다."

"이거야, 원! 소꿉장난하자는 것도 아니고, 너무 어리잖소?"

"어차피 정략결혼이니……."

"데려다 날 보고 키우라는 말과 똑같군."

"양국의 우의를 위해서는 각하께서 좀 희생을……."

"그래서 마사요시가 다시 왔군."

"그렇습니다, 각하!"

"알단 알았으니 생각 좀 해봅시다. 우선 각료 회의를 소집해 통상조약부터 통과시키고."

"네, 각하!"

병호는 곧 비서진을 통해 내각회의를 소집하도록 지시했다. 그리고 몸을 돌려 이상적에게 말했다.

"함께 가도록 합시다."

"네, 각하!"

"아, 모이는 시간이 있으니 그동안 차라도 한잔하고 갑시다."

"알겠습니다, 각하!"

이렇게 잠시 순명이 타오는 커피를 마시느라 지체한 병호는 곧 비서들과 이상적을 데리고 대회의실로 향했다.

곧 대회의실에 들어선 병호는 한둘을 제외하고는 전 각료가 다 모인 것을 확인해 바로 회의를 주재하기 시작했다.

"외무대신께서 금번 방일 결과의 설명과 함께 협정문을 낭독해 주시오."

"알겠습니다. 각하!"

이상적이 곧 경위를 보고하고 협정문을 낭독하기 시작했다. 잠시 후 이상적의 낭독이 끝나자 병호가 발언을 했다.

"질문이 있거나 이의 있는 분은 발언하시오."

잠시 기다려도 발언자가 없자 병호가 다시 발언을 하기 시작했다.

"이의가 없는 것으로 알고 한일 간의 통상수호조약 협정문을 통과시킵니다."

탕 탕 탕!

곧 의사봉을 두드려 통과되었음을 선포한 병호가 계속해서 발언을 했다.

"공보처 장관은 황제의 재가가 떨어지는 대로 이를 신문에 대대적으로 보도하도록 하고, 상공대신은 대일본 수출을 대대 적으로 늘릴 수 있도록 하시오."

"알겠습니다, 각하!"

"네, 각하!"

"여러분들은 무심히 넘어갔는지 모르지만 무관세 조항이 야말로 대단히 중요한 조항이 아닐 수 없소. 우리로 보면 3천 4백만 내지 5백만의 신시장이 열리는 것으로 무척 잘된 조항 이지만, 저들로 보면 머지않아 전 일본 경제가 피폐해지는 결 과를 낳을 것이오. 우리의 우수한 공산품들이 일본으로 대 거 쏟아져 들어가면, 우선 저들의 가내수공업이 망가져 대량 의 실업 사태를 불러옴은 물론, 이론상으로는 물가가 떨어져 야 하나 실제는 오르는 기현상이 발생할 것이오. 이렇게 되 면 이 조약을 체결한 막부가 백성들로부터 성토를 당할 것인 즉, 각 번이 천왕을 중심으로 뭉쳐 막부 타도를 외치는 내전 에 돌입할 수도 있소. 따라서 아국은 이에 대비해 만전의 준 비를 갖추어야 할 것이오. 알겠소?"

"네, 각하!"

"또 하나, 일본 황실에서 정략결혼을 제의해 온 모양이오. 자세한 이야기는 외무대신께 듣고 여러분들의 의견을 말해주시기 바라오."

곧 이상적의 경위 설명이 있었고, 신부가 12세라는 데는 대부분이 실소를 금치 못했다. 그리고 전 각료가 이 정략결혼을 지지하는 발언을 하니, 혹시나 하는 마음으로 혹 떼려고 했던 병호는 오히려 혹을 붙인 결과가 되었다.

곧 각료 회의를 마친 병호는 내친 김에 마사요시도 불러들여 그의 말을 듣고 결혼을 승낙한다는 말을 전했다. 그렇게 함으로써 일본 황실과 막부 간의 골을 더욱 깊게 해, 일본 정세를 한동안 어지럽게 끌고 가고자 함이었다.

그리고 또 하나 병호가 정략결혼을 승낙한데는 솔직히 남자로서의 욕심이 없다고 할 수는 없었다. 혼인을 한 지 벌써 15년이 넘어가니 부부 사이의 밤일도 시들해져 가고 의리로 살고 있는 요즈음이었기 때문이다.

*   *   *

그로부터 한 달 후, 미국은 미국 14대 대통령 프랭클린 피어스(Franklin Pierce)의 명의로 타운젠드 해리스(Townsend

Harris)를 대사에 임명한다는 신임장(信任狀)을 황실에 제출했다.

곧 대한제국에서 이를 허락하니 그가 두 번째 주한 대사로 한 달 후 부임해 왔다. 그는 금년 54세의 외교관으로, 원역사에서 초대 주일본 아메리카 합중국 변리공사를 지낸 인물로, 후일 주일 공사도 지냈으며 미일 통상수호조약을 체결한 인물이기도 했다.

이렇게 두 달이 훌쩍 흘러 어느덧 윤오월 달이 되었다. 그동안 이상적은 일본을 드나들며 병호와 일본 황실 간의 혼사를 추진해 왔다. 그것이 결실을 맺어 금년 윤오월 15일 양자 사이에 한양에서의 결혼식이 예정되어 있었다.

그러니까 2주 후면 일 황녀 가즈노미야 지카코와 병호의 혼사가 예정되어 있는데, 대한제국 황실에서는 당황스러운 일이 발생하고 있었다. 경복궁 홍례문(弘禮門) 앞에 이 인이 나타나 시위를 하고 있다는 것이었다.

그것도 그냥 시위가 아니었다. 한 명은 엎드려 대성통곡을 하고, 또 한 명은 도끼를 들고 그 자의 목을 금방이라도 내려칠 듯하니, 괴변에 놀란 경비병들이 일방 이들을 달래고, 다른 경비병들은 경복궁 안으로 뛰어들어 황제에게 이 상황을 고했다.

이 상황을 보고받은 황제 또한 놀라 그들을 불러 면담을 하기에 이르렀다. 그런데 면담 결과는 그들이 대한제국 백성이 아니라 놀랍게도 유구인으로 왕이 파견한 밀사였던 것이다.

대충 내용을 들은 황제 원범은 곧 병호를 불러 이들의 자초지종을 듣고 해결하도록 떠넘겨 버렸다. 이에 병호는 이들을 데리고 자신의 집무실로 돌아왔다. 그리고 둘과 마주 앉아 둘이 고하는 사연을 듣게 되었다.

"소인은 유구국의 상방통사(上訪通事)로 임세공(林世功)이라 하옵고, 이 사람은 향덕굉(向德宏)이라는 사람으로, 국왕전하께서 대한제국에 파견한 밀사이옵니다."

"아무튼 좋소. 헌데 외교적 사안이 있으면 내각에 와 고할 것이지, 왜 황궁에 가서 그런 소란을 피우는 것이오?"

"황제께서 통치하시는 줄 알고 그만……."

임세공의 말에 병호가 물었다.

"상엔이 대한제국의 실정을 자세히 전하지 않았단 말이오?"

"금번에 왕제께서는 사쓰마 번으로 끌려가셨습니다."

"뭐라고?"

"뿐만 아니옵니다. 어쩐 일인지 그놈들은 전에 없던 수탈을 자행하고 우리 백성들을 마구 살상하는 것은 물론, 일부 젊은 이들은 제 나라로 끌고 가기도 했사옵니다. 하여 호소할 곳은 대한제국밖에 없다 판단하신 우리 국왕전하께서 소인 둘을 급히 밀파하신 것입니다."

"허허! 이런 일이……!"

임세공의 지금까지 하는 말만 들어도 병호는 이들 나라에 왜 이런 일이 발생했는지 금방 알 수 있었다.

이상적이 자신의 혼사 문제로 유구왕국을 방문하지 못하는 동안 막부로부터 철수의 명을 받은 사쓰마 번은 최후의 발악으로 이들이 말하는 것과 같은 만행을 저지른 것 같았다.

이에 내심 대노한 병호였지만 여전히 침착한 안색으로 이들에게 말했다.

"사실은 우리 대한제국에서 일본 막부에 압력을 가해 사쓰마 번을 철수시키도록 했소."

"그런 일이……!"

"하면 조용히 물러나면 될 것이지, 그런 만행을 저지를 건 뭐랍니까?"

임세공과 향덕굉의 말에 병호가 굳은 표정으로 답했다.

"최후의 발악을 한 게지요. 아무튼 이는 중대 사안이니 절대 묵과할 수가 없소. 따라서 우선 일본 막부를 통해 원상회복을 시키도록 노력하되, 이마저도 효험이 없으면 우리 대한제국이 직접 사쓰마 번에 실력 행사를 하는 한이 있더라도 원상회복은 물론 다시는 이런 비극이 일어나지 않도록 우리가 유구왕국을 지켜주도록 하겠소이다."

"성은이 망극하옵니다, 전하! 흑흑흑……!"

병호의 말에 두 사람이 갑자기 바닥에 엎드려 눈물을 쏟기 시작했다.

"왜, 왜들 이러시오?"

호칭이 문제가 아니었다. 두 사람의 갑작스러운 거동에 놀란 병호가 두 사람을 잡아 일으키려는데, 이들이 갑자기 벌떡 일어나더니 병호에게 무수한 절을 하기 시작하는 것이었다.

"성은이 망극하옵니다, 전하! 흑흑흑……!"

"이 은혜 백골난망이옵니다, 전하! 흑흑흑……!"

이 모양을 바라보는 병호의 머리에는 갑자기 연상되는 장면이 있었다.

고종황제가 헤이그에서 열린 만국평화회의에 이상설, 이준, 이위종 3인의 밀사를 파견하여, 일제의 침략 행위를 막아줄 것을 호소하려다 실패하고, 이준 열사가 순국한 것과 똑같은 안타까운 상황이 재연되고 있지 않나 생각된 것이다.

그런 연상을 하니 병호의 눈에도 어느덧 물기가 어리고 있었다. 그러나 곧 병호의 입가에는 가는 미소가 지어지고 있었다. 우리 선열들은 실패했지만 이들은 성공했으니, 이 얼마나 행복한 일인가.

따라서 이렇게 대한제국을 강국으로 키운 자신 스스로가 자랑스러워졌다. 이에 자족(自足)의 미소가 자신도 모르게 맺혔던 것이다.

제4장

정략결혼

유구왕국 밀사들과의 면담을 마친 병호는 곧 이상적 외무
대신을 불러 일본으로 급파했다. 당연히 사쓰마 번의 만행을
막부에 알리고 그들을 통해 유구왕국에 대한 원상회복을 도
모키 위함이었다.

그런 가운데 몇 번이고 더 찾아와 감사를 표한 유구 밀사들
도 돌아갔다. 그렇게 세월이 흐르는 속에서 혼례일 3일 전인
5월 12일이 되자, 이상적과 함께 일본의 혼인 사절단이 한양
에 도착했다.

그 단장으로는 이 혼사를 적극 추진하고 있는 다이로 홋타

마사요시(堀田正睦)가 임명되어 왔고, 황실에서는 내시사(內侍司)의 장관급인 상시(尙侍)가 아닌 차관급인 전시(典侍) 하시모토 쓰네코(橋本経子)가 대표로 참석했다.

이는 현 일본 황실에는 이 혼사에 참석할 만한 성인 남자가 없을 정도로 씨가 마른 것도 있지만, 우리나라 내시부(內侍府)와 같은 역할을 하는 내시사의 차관급인 전시가 참석했다는 것은 현 천왕의 못마땅한 심사를 반영하는 것이기도 했다.

아무튼 병호는 이 대표단의 예방을 받고 잠시 환담하는 것으로 그들을 돌려보냈다. 그리고 혼인날인 5월 15일이 되자 내각청사 광장 앞에서는 조촐한 혼례식이 거행되었다.

여기에는 황제도 몸소 참석했지만 거동이 불편한 태황태후 김 씨는 참석지 못했다. 아무튼 전 각료와 대부분의 주한 외교사절도 참석한 가운데 전통 혼례가 아닌 신식 혼례가 치러져 호사가들의 입방아에 오래도록 오르내렸다.

비록 신랑의 옷차림이 조선 고유의 복색과 신부 또한 기모노 차림이었지만 식의 진행만은 현대식으로 치러져 황제가 주례를 맡는 등 세인의 눈길을 끌었던 것이다.

식이 끝나자 신랑 신부는 급하게 지어진 그들만의 보금자리로 이동을 했다. 둘의 신혼집은 현재 병호가 살고 있는 곳에서도 지척지간인 옛 김유근의 집이었다가 현재는 그의 양아들이자 병호의 비서로 근무하고 있는 김병주의 집이었다.

그가 병호가 신혼집 지을 곳을 물색하는 것을 보고 자신의 집을 희사하려 했던 것이다. 그러나 병호는 이를 시가대로 돈을 주고 사들였고, 김병주는 새집을 지어 이사를 했다.

급하게 지었다 하나 근 2개월의 시간이 있었고 휘하의 건설사가 뛰어들어 밤낮 없는 공사를 진행했으므로 근사한 신식 2층 양옥이 지어졌던 것이다. 물론 기존 집은 허물었다.

아무튼 신부를 데리고 신혼집으로 돌아온 병호는 밤이 되자 어린 신부와 마주 앉았다. 이 초야(初夜)에 한 사람의 객이 끼어야 했다. 둘 간의 말이 통하지 않기 때문에 통역사가 따라붙은 것이다.

통역사로는 정보부 산하 여 공작원이 선정되어 담당을 하게 되었다. 기생 출신이기도 한 예령(藝鈴)이라는 예명의 이 통역사는 일본어를 배운 금년 20세의 여성이었다.

양력 7월초의 늦은 저녁 식사가 끝나고의 만남이므로 벌써 시간은 밤 9시가 넘고 있었다. 조촐한 주안상을 가운데 두고 열두 살 어린 신부와 병호가 마주 앉고, 조금 떨어진 위치에 통역사 예령이 앉아 병호의 말을 통역하고 있었다.

"가즈노미야 지카코(和宮親子)라는 이름은 부르기 어려우니 앞으로는 한자어대로 '화궁(和宮)'이라 부르겠소."

"네, 각하!"

부끄러워 고개도 들지 못하고 방바닥만 내려다본 채 답하는 신부의 얼굴은 천하절색은 아니더라도 미녀 측에 속했다. 물론 나이가 있으니 더 성장해 봐야 알겠지만 현재로서는 상당히 예쁜 얼굴이었던 것이다.

"내 이름은 알고 있소?"

"네."

여전히 들릴락말락 모기가 우는 듯 작은 소리였지만 귀 밝은 병호는 잘도 알아들었다.

"술은 마셔보았소?"

"아직 경험이 없사옵니다."

"그럼 나에게 술을 배운다는 심정으로 함께 마셔봅시다."

"네, 각하!"

"각하보다는 '서방님'이라는 우리의 고유 호칭이 있으니 앞으로는 그렇게 불러주었으면 하오."

"네, 서… 반님~"

"반이 아니라 방!"

"네, 서 방 님!"

"좋소!"

병호는 곧 예령에게 지시해 양인의 잔에 술을 치도록 했다. 그리고 그녀에게 말했다.

"예령은 몇 년이 될지 모르지만 화궁이 조선말을 배울 때까지는 이 집에서 같이 생활하도록 하오. 화궁에게 조선말을 가르쳐 주기도 하고."

"네, 각하!"

병호의 말을 듣는 동안에도 계속 양인의 잔에 술을 따른 예령에 의해 잔이 차자 병호가 잔을 들고 말했다.

"자, 같이 듭시다."

"네, 서 방 님!"

곧 병호가 화궁에게서 시선을 떼지 않은 채 단숨에 술잔을 비우는데, 예령은 입에 대었다 금방 떼었다. 그러자 예령이 무어라 일본말로 그녀에게 알려주었다. 그러자 화궁이 옆으로 얼굴을 돌려 술을 마시기 시작해 절반을 비우고는 잔을 상 위에 올려놓았다.

이에 병호가 다시 예령이 따르는 술을 받으며 그녀에게 말했다.

"내가 다시 잔을 비우는 동안 그녀도 마저 잔을 비우게끔해."

"네, 각하!"

이렇게 예절도 가르쳐 가며 술잔을 거듭하게 하자 어느덧 어린 신부의 얼굴이 복사꽃처럼 붉어졌다. 이에 병호가 물었다.

"어떻소? 술에 취하는 것 같소?"

"네, 조금 어지럽습니다."

"그럼, 그만하오."

"네, 서방님!"

"예령!"

"네, 각하!"

"너도 오늘밤은 함께 이 방에서 자도록."

"네?"

깜짝 놀라는 미모의 예령을 보고 병호가 빙긋 웃으며 물었다.

"두려운 게냐?"

"아, 아니 옵……."

여기서 갑자기 고개를 세차게 내저은 예령이 자신의 말을 정정했다.

"솔직히 두렵사옵니다."

"하하하! 두려울 것 없다. 너를 취하지는 않을 것이니."

병호의 말에 예령이 급 실망한 얼굴로 방바닥을 내려다보았다. 이에 병호가 웃음이 남은 얼굴로 말했다.

"앞으로 하는 것 보아서 잘만 하면 너를 품을 수도 있으니 너무 실망하지 말고. 하고 그렇게 표정 변화가 심해서야 어디 제대로 된 공작을 하겠느냐?"

"죄송합니다, 각하!"

"죄송할 건 없고, 신부에게 잠자리 준비를 시키도록. 참, 내가 준비하라 시킨 것은 준비되었지?"

"네, 각하! 헌데 지금 그걸 입혀야 할지……?"

"물론이다."

"알겠습니다. 각하!"

답한 예령이 일본말로 무어라 화궁에게 이르자 그녀의 얼굴이 더욱 붉어졌다. 그리고 머뭇머뭇하던 그녀가 예령에게 무엇을 말하자 예령이 병호에게 물었다.

"각하! 촛불을 전부 꺼도 되겠습니까?"

"하나만 남겨라!"

"네, 각하!"

이렇게 되어 예령이 농에서 꺼낸 금침을 펴는 동안 화궁은 옷을 벗기 시작했지만, 예령이 금침을 다 깔도록 겨우 겉옷만 벗은 상태로 별로 진척이 없었다.

이를 본 병호가 눈살을 찌푸리자 예령이 화궁에게 무어라 말했고, 그때부터 그녀의 옷 벗는 속도가 조금은 빨라졌다. 그러나 여전히 병호의 눈에는 느리게만 느껴졌다. 그래도 꾹 참고 있으니 마침내 그녀가 나체가 되어 병호의 시선을 피해 돌아서 있었다.

이에 병호가 새로운 지시를 내렸다.

"앞으로 돌아보게 해."

"네, 각하!"

답한 예령의 통역에 의해 그녀가 한참 뜸을 들이다 돌아섰다.

그런 그녀의 모습을 본 병호의 얼굴에 실망의 기색이 스쳤다. 이건 완전히 아동의 모습이었기 때문이었다. 가슴도 밋밋, 거웃도 전혀 없었다. 그러나 곧 표정을 수습한 병호가 말했다.

"브래지어와 팬티를 입히도록."

"네, 각하!"

이때 화궁이 무어라 말을 했다.

"죄송하답니다, 각하!"

"죄송할 것까지야. 초경이 터지면 나에게 알리도록."

"네, 각하!"

"너도 옆에 이불 펴고 자."

"네, 각하!"

예령의 대답을 들으며 병호는 손짓을 해 화궁을 가까이 불렀다.

그리고 아직도 나체인 그녀를 번쩍 안아 금침 위에 뉘었다. 그리고 병호 스스로 자신의 옷을 빠른 속도로 벗어 내려가기 시작했다. 마침내 팬티 하나만 남자 병호는 홑이불을 끌어다 화궁을 덮어주었다. 그리고 자신도 그녀 옆에 나란히 누웠다.

이때는 예령도 이미 이부자리를 편 상태였다. 그러나 여전히 옷은 그대로 입은 채 병호에게 물었다.

"촛불을 끌까요?"

"그래!"

병호의 대답에 말없이 촛불 가까이 접근한 그녀가 바로 촛불을 끄자, 방 안은 순식간에 먹물처럼 어두워졌다. 그러나 눈이 어둠에 적응하자 창 틈으로 투영되는 보름달의 빛에 의해 주변 경물이 환히 보이기 시작했다. 채 입지 못한 화궁의 브래지어와 팬티까지도.

이렇게 병호가 눈을 뜨고 이리저리 눈을 굴리며 방 안의 경물을 살피고 있자니, 어느새 소리 없이 옷을 다 벗은 예령이 브래지어와 팬티 바람에 이불 속으로 기어드는 것이 보였다.

이런 속에 화궁의 심장은 여전히 맹렬히 뛰고 있었다. 그런 그녀의 머리를 병호가 말없이 쓸어주자 그녀가 갑자기 병호의 가슴팍으로 뛰어들었다. 그리고 무어라 웅얼거리나 무슨 말인지 알아들을 수는 없었다.

단지 느낌에 '안아주세요'라는 것 같아 병호는 힘주어 그녀를 꼭 껴안았다. 그러자 그녀 역시 호응해 병호를 끌어안으려 하나 될 일이 아니었다. 짧은 팔로 허덕이는 모습이 안쓰러워 병호가 다시 그녀의 머리를 쓸어주자, 이번에는 그녀가 병호의 품속으로 더욱 깊이 파고들었다.

병호 역시 이에 호응해 더욱 힘주어 그녀를 꼭 끌어안았다. 그렇게 얼마의 시간이 지났을까. 파닥이는 날개를 접은 듯 그녀의 고른 숨소리가 들려왔다. 이 소리를 듣는 병호로서는 무언가 힘이 쑥 빠져나가는 느낌이 들었다.

더 이상 진도를 나갈 수 없는 어린 신부를 안고 있는 자신이 한심스럽기도 하고, 자신이 늙은 노인이 된 기분이기도 했다. 마치 다 늙은 노인이 동녀를 안고 자는 모습이 연상되었기 때문이었다.

물론 지금은 상황이 정반대였지만 말이다. 전자가 남자에게 문제가 있었다면 지금은 여자가 문제가 있었으니까. 아무튼 병호가 어린 신부를 꼭 끌어안고 열심히 잠을 청하려 하나 잠은 쉽게 오지 않았다.

아니, 오히려 더 멀리 달아나고 온갖 망념(妄念)만 머리를 맴돌았다. 병호가 그러는 동안 또 하나 잠 못 이루는 사람이 있었으니 예령이었다. 그녀 역시 옆의 상황을 예의주시하느라 자신의 숨소리마저 멈은 줄 모르고 있었다.

이런 상황을 전생과 현생 합쳐 90년을 넘게 산 오랜 경험으로 눈치챈 병호의 가슴에 갑자기 한 가닥 불길이 맹렬하게 타오르기 시작했다. 가운데 다리가 금방 빳빳하게 솟구치는 것을 보니 분명 욕념이었다.

이에 병호의 갈등이 한동안 지속되었다. 눈앞에는 팬티 차림인 예령의 동그란 둔부가 떠올라 두둥실 떠다니고, 도덕적 관념으로는 그를 꾸짖는 갈등이 한동안 지속되었던 것이다.

그러나 끝내 승리를 거둔 것은 쉽게 사그라지지 않는 욕념이었다. 애써 자신을 합리화한 탓이다. 지금이 일부일처만 허용하는 전생도 아니고, 자신의 지위로 보면 몇 명의 첩을 더 둔다 해도 무어라 할 사람이 없을 것이라는 논리였다.

감정이 승리한 병호의 육체는 벌써 몸을 움직이고 있었다. 어린 신부가 깰세라 조심조심 이불 속에서 몸을 빼내고 있는 것이다. 마침내 완전히 홑이불 속을 빠져나오자 병호는 벌떡 일어나 예령에게 걸어갔다.

그리고 그녀 앞에서 걸음을 멈추고 말했다. 물론 어린 신부가 깰세라 작은 음성이었다.

"안 자는 것 다 안다. 답하라. 오늘밤 너를 안고 싶다. 싫으냐? 좋으냐?"

답이 없었다. 여전히 숨을 멈춘 채 예령은 한 마리 웅크린 애벌레처럼 묵묵부답이다. 이에 병호가 다시 한번 물었다. 이번에는 그녀 곁에 앉아서 물었다.

"싫으냐? 좋으냐?"

이번에는 답이 있었다.

"그전에 한 가지 꼭 말씀드리고 싶은 게 있습니다, 각하!"

"말하라."

"하룻밤 풋사랑이라면 싫습니다."

갑자기 웃음이 터져 나오려는 것을 병호가 억지로 참으며 말했다.

"첩으로 인정하면 되겠느냐?"

"충분하옵니다, 각하!"

"이제 '각하' 소리가 듣기 싫구나."

"네, 서방님!"

"하하하……!"

끝내 웃음을 참지 못하고 낮게 웃은 병호가 이불 속으로 파고들며 말했다.

"사과처럼 둥근 네 엉덩이가 정말 예쁘더구나!"

"서방님!"

예령이 와락 병호의 품으로 달려들었다. 병호 또한 그녀를 꼭 끌어안았다. 그리고 한동안 둘은 더운 줄도 모르고 그렇게 체온을 나누었다. 그러던 병호가 그녀의 등을 토닥이며 말했다.

"너의 예쁜 가슴도 보고 싶구나!"

"부끄럽사옵니다."

그러나 말과 달리 어느새 그녀의 손은 등 뒤로 가고 있었다. 가슴에도 자신이 있는 모양이었다.

그러나 예령은 이내 행동을 멈추고 말했다.

"풀어주세요."

"그래."

예령의 말에 답하며 병호는 브래지어를 고칠 것을 결심했다. 뒤에 후크가 있는 것이 아니라 앞에 후크를 달아 보다 손쉽게 풀고 채울 수 있도록. 아무튼 모로 드러누운 그녀의 등 뒤로 손을 뻗은 병호는 곧 브래지어를 풀어냈다.

그러자 마치 출렁 소리가 들리는 듯 그녀의 갇혔던 가슴이 일시에 쏟아져 내렸다. 옆에서 그런 그녀의 풍만한 가슴을 쓸어안으니 더 크게 느껴졌다. 조선시대, 아니, 동양 미녀의 조건 중 하나는 가슴과 엉덩이가 풍만해야 했다. 아기를 잘 낳고 아이에게 부족함이 없도록 젖을 먹이기 위함이었다.

그러나 작아야 하는 것도 있으니 유두(乳頭)와 머리였다. 생각이 일자 병호는 예령의 몸을 반듯하게 눕혔다. 이에 그녀가 반듯하게 눕자 분홍빛 작은 유두가 한눈에 들어왔다.

그런 그녀의 모습을 보자 병호는 불쑥 욕념이 치밀어 올라왔다. 가운데 다리가 불끈 성을 내며 팬티를 뚫고 나올 듯했다. 그러나 오랜 연륜으로 다져진 병호인지라 풋내기처럼 성급하게 굴지는 않았다.

"뒤로 돌아누워 봐!"

"네."

대답과 함께 그녀가 돌아눕는 동안 병호도 거추장스러운

팬티를 벗어 한옆에 놓았다. 그리고 중키인 그녀의 몸 뒤태를 한번 쓸어보았다. 풍만하다 싶은 그녀의 엉덩이가 눈길을 잡 아끌었다.

이에 병호는 엎드려 그녀의 엉덩이에 진한 입맞춤을 했다.

"어머!"

깜짝 놀란 그녀가 자신도 모르게 엉덩이에 힘을 주었다. 그 모습에 실소한 병호가 그녀의 몸 위에 가볍게 올라탔다. 그리 고 그녀의 가녀린 목을 주무르며 말했다.

"지금부터 즉각 즉각 반응하는 거야."

"네?"

"시원하면 시원하다, 느끼면 느끼는 대로 교성도 뱉고 말이 야. 괜히 몸이 달아오르는데도 입 앙다물고 소리 안 내려고 애쓰지 말고. 알았어?"

"네, 서방님!"

"한 번 더 이야기하지만 흥분이 되는 데도 시체처럼 누워 있는 여인을 나는 가장 싫어하니 그런 줄 알아. 시간(屍姦)하 는 것도 아니고 말이야. 자, 지금부터 시작하는 거야."

"네!"

말과 함께 병호는 그녀의 미리에 양손을 얹었다. 이내 갈퀴 처럼 엉성하게 말아 쥔 두 손으로 그녀의 두피를 가볍게 긁어 주며 꾹꾹 눌러주었다.

"아이고, 시원해라!"

"그래, 그래. 지금처럼. 그렇다고 흥분되지도 않는데 가성을 뱉거나 하면 안 돼. 그것도 질색이니까."

"네, 서방님! 아이고, 시원해라!"

"후후후……!"

이것이 시작이었다. 머리를 마사지해 주는 것 같더니 이내 굳은 그녀의 어깨 근육이며 팔다리까지 주물러 주었다. 그리고 그의 엄지만으로 척추를 쭉 훑어 꼬리뼈까지 내려왔다. 그러다 때로는 가볍게 스치듯 등을 긁어주니 그녀의 전신이 진동을 하며 그녀가 외쳤다.

"간지러워요, 서방님!"

"그 소리가 쏙 들어가게 해주지."

말이 끝나자마자 그녀의 양쪽 엉덩이에 진한 키스를 하는 것 같더니 이내 스치듯 긁었다.

"어머, 간지러워!"

진저리를 치듯 온몸을 흔드는 예령이었다. 그렇게 몇 번을 장난치듯 하던 병호가 돌연 앙다문 그녀의 엉덩이를 두 손으로 벌렸다. 그러자 국화꽃 모양의 것이 보였다.

"어머, 부끄러워요!"

병호는 전혀 그녀의 말에 개의치 않았다. 오히려 혀로 그녀의 그것도 몇 번 핥아주었다. 그러자 그녀가 움찔움찔 몸을 떨며 항문에 계속 힘을 주는 바람에 병호 역시 엉덩이를 잡은 손에 더욱 힘을 주어 벌려야 했다.

"더, 더러워요!"

그러나 병호는 마다치 않고 그런 행위를 몇 번 더 되풀이했다. 그리고 그의 두 손은 한동안 그녀 종아리의 뭉친 근육을 풀어주었다. 그러더니 발목을 잡고 그녀의 발 하나를 잡아 올렸다. 그리고 한동안 발바닥을 두드리다가 때로 가볍게 그녀의 발을 간질였다.

"어머, 간지러워요."

그러나 그녀의 말은 금방 쏙 들어가고 이상야릇한 신음을 뱉기 시작했다. 그리고 덩달아 그녀의 엉덩이 살도 물결치기 시작했다.

"아웅! 어머, 어머, 기분이 이상해요!"

그 순간 병호의 혀는 그녀의 발바닥에서부터 발가락 쪽으로 서서히 항진을 시작했다. 그러던 어느 순간부터 그녀의 발가락 전체가 병호의 입속으로 빨려 들어간 듯했다.

"아으, 아으……!"

그녀가 본격적으로 야릇한 신음을 내뱉으며 전신을 뒤틀기 시작했다. 그럴 때마다 그녀의 사타구니에서는 뭉클뭉클 분비물이 쏟아져 내려 요를 적시고 있었다.

이런 시간이 채 반각도 지나지 않아 예령은 혼몽 중에 빠져

제대로 신음도 내뱉지 못하고 있었다. 그런 그녀를 반듯하게 눕힌 병호는 바로 그녀의 가슴으로 얼굴을 접근시켰다. 그리고 그녀의 작은 오디를 열심히 희롱하기 시작했다.

"어머, 어머!"

펄쩍 뛰듯이 놀란 그녀가 상체까지 들썩이며 격한 반응을 보이더니 이내 앓는 소리를 내기 시작했다.

"아웅, 아웅……!"

그런 그녀를 잠시 바라보니 베개는 저 혼자 저만치 있고, 고개가 90도로 꺾인 그녀의 모습은 완전히 혼이 나간 사람의 모습이었다. 그러던 그녀가 더욱 격렬한 반응을 보인 것은 병호가 그녀의 샅에 얼굴을 묻고 나서였다.

"어머, 어머……!"

마치 물에 놀던 물고기가 땅바닥에 팽개쳐진 것처럼 온 힘을 다해 튀어 오르는 모습을 연출하던 그녀가, 끝내는 엉덩이를 최대한 치켜들고는 외마디 비명과 함께 온몸을 떨기 시작했다.

"악! 아이고, 나 죽어, 나 죽어……!"

수축과 진동을 반복하던 그녀의 몸이 이내 물먹은 솜처럼 축 늘어지며 자신도 모르게 엉덩이가 깨지도록 방아를 찧었다.

"아으! 아웅……!"

그러나 여전히 비몽사몽간에 앓는 소리를 내는 그녀였다.

그런 그녀에게 병호는 너무도 잔인했다. 다시 한번 그녀에게 손을 쓰니, 아니, 혀를 사용하니, 또 한 번 그녀는 꽃비 쏟아지는 구름 속을 노닐며 혼몽 중에 병호의 손을 너무 쉽게 허락했다.

그녀의 항문에 손가락 하나를 넣어보니 이것은 별 저항도 없이 그냥 쑥 안으로 파고들었던 것이다. 이를 보고 병호는 그녀가 정말 반쯤 혼이 나간 것을 알 수 있었다.

사람이 죽을 때는 체내의 배설물을 거의 다 쏟아내고 죽는다. 이 말은 항문이 완전히 개방된다는 의미인데, 예령의 지금 모습은 그 정도의 중간쯤 상태 같았다. 아무튼 그런 그녀의 몸에 병호는 올랐고 서서히 삽입을 시도했다. 그러던 어느 순간이었다.

"악······!"

반쯤 혼절했던 그녀가 외마디 비명과 함께 상체를 번쩍 일으켜 병호를 끌어안아 왔다. 병호 역시 그런 그녀를 안고 천천히 노를 저었다. 그래도 큰 불편이 없을 정도로 그녀의 내부는 확장될 대로 되어 있었다.

처녀라고는 믿을 수 없을 만큼 확장되어 있음은 물론 윤활 작용도 잘되고 있었다. 그런 그녀를 안고 병호의 행동이 조금씩 빨라졌다. 그럼에도 불구하고 전신을 내맡긴 채 오로지 매달리는 것만이 전부인 양, 대롱대롱 매달리고 있는 그녀는 어느 모로 보면 불합격을 받아야 했다.

배운 방중술의 기교를 전혀 사용치 못하고 있으니 헛배운 것이다. 아무튼 그런 시간이 얼마나 지났을까 병호의 몸이 크게 한 번 진동을 일으키는 것 같더니, 이내 그녀의 큰 가슴에 얼굴을 묻고 가쁜 숨을 내뱉기 시작했다.

그녀 또한 더할 나위 없이 만족한 표정으로, 아니, 신세계에 눈을 뜬 아이가 되어 병호의 등을 쓸고 있었다. 그렇게 얼마의 시간이 지나자 병호가 몸을 굴려 모로 누우며 그녀를 끌어안았다. 그리고 여인들이 싫어한다는 대사를 내뱉었다.

"좋았어?"

"네, 너무 너무! 새로운 세계에 발을 들인 느낌이에요."

아이처럼 재잘거리던 그녀의 얼굴이 이내 굳어지는가 싶더니 병호의 가슴에 얼굴을 묻고 울음 섞인 음성으로 말했다.

"무서워요."

"왜?"

"이제 혼자 지낼 밤이 두렵고, 더욱 무서운 것은 각하께서 절 버리실까 봐요."

"나는 네게 뭐지?"

"서방님요."

"그럼 됐지 뭘 더 바라느냐?"

"버리지 않으시는 거죠?"

"물론이다."

"고마워요, 서방님!"

말과 함께 자리에서 벌떡 일어난 그녀가 과감하게 병호의 입에 입을 맞춰왔다. 그리고 입술을 마구 비비며 말했다.

"은애해요!"

그 순간이었다, 울음소리가 들려온 것은.

"흑흑흑······!"

화궁이라 이름 지어준 가즈노미야 지카코 황녀의 슬픈 울음소리였다.

하긴 두 사람이 난리 브루스를 쳤는데 안 깨어나면 이상한 일이었다. 진즉부터 깨어난 그녀는 두 사람이 하는 짓을 모두 보았을 것이다. 그리고 말은 못 알아들었지만 예령의 격렬한 사랑 표현을 보고 끝내는 울음이 터져 버리고 만 것이다.

이에 고소를 금치 못한 병호가 예령을 살짝 떼어내더니 자리에서 벌떡 일어났다. 그리고 그녀에게 걸어갔다. 그 순간 병호는 물건이 덜렁거리거나 말거나 전혀 신경 쓰지 않았다.

단지 안쓰러운 화궁을 달래려는 것만이 목적인 그는 대뜸 허리 굽혀 그녀를 번쩍 안아들었다. 그리고 그녀의 볼에 부드럽게 뽀뽀를 해주었다. 그러자 그녀의 울음이 그치며 어느 순간부터는 화사한 웃음을 짓고 있었다.

그런 그녀에게 병호가 말했다.

"너도 성인이 되면 많이 많이 사랑해 줄게."

이 순간 그녀는 황녀가 아닌 단지 사랑에 굶주린 어린아이였기 때문에 병호는 서슴없이 반말을 한 것이다. 곧 병호가 예령에게 말했다.

"지금 내 말 통역해!"

"네!"

곧 예령이 일본말로 뭐라 뭐라 했으나 병호는 알 수 없었다. 그녀가 반대로 말을 한다 해도. 그러나 화궁이 하는 행동을 보고 그녀가 제대로 통역했음을 알 수 있었다.

이번에는 그녀가 병호의 입술이고 볼이고 사정없이 뽀뽀를 해왔기 때문이었다. 병호는 그런 그녀를 안고 예령의 곁으로 왔다. 그리고 예령에게 지시해 화궁의 요를 가져와 옆에 나란히 붙이도록 했다.

곧 예령이 병호의 지시대로 행하자 병호는 반듯하게 누워 두 여인에게 동시에 팔을 내주고는 잠을 청했다.

＊　　　＊　　　＊

이튿날 아침.

저린 팔을 주무르며 병호가 자신의 집무실로 출근하자마자 기다렸다는 듯 이파가 찾아들었다.

"편안하셨습니까? 각하!"

말을 하는 이파의 얼굴에는 야릇한 웃음이 묻어나오고 있었다. 이에 그 웃음의 의미를 간파한 병호가 말했다.

"우리 집에 보내는 우유를 좀 더 늘리도록 하오."

"알겠습니다, 각하!"

그 의미를 새긴 이파가 웃음이 사라진 얼굴로 답하고, 이내 더욱 굳어진 표정으로 보고를 하기 시작했다.

"일본 막부 군이 움직이기 시작했습니다."

"어디로?"

"사쓰마 번입니다. 각하!"

"사쓰마 번 놈들이 막부의 명에 따르지 않는 모양이군."

"그렇습니다. 각하!"

"우리에게는 더 좋은 일 아닌가?"

"저희들끼리 싸워 둘 다 약해지는 건 좋으나, 아무래도 막부 군이 사쓰마 번에게 일방적인 승리를 거두지는 못할 것 같사옵니다."

"무슨 소리가 그래?"

"사쓰마 번이 아이즈 번(会津藩: 지금의 후쿠시마 현)과 동맹을 맺었으니, 배후를 습격받을지도 모르겠사옵니다."

"아이즈 번이 에도를 기습 공격이라도 한단 말이오?"

"지리상으로 보면 에도에서도 한참 북쪽에 있는 아이즈 번인데, 그렇지 않으면 사쓰마 번이 굳이 동맹을 맺을 필요가 없지 않겠습니까?"

"흐흠……!"

잠시 생각에 잠겼던 병호가 물었다.

"남부와 북부라 할 만큼 거리가 멀리 떨어진 번끼리 어찌 동맹을 맺을 수 있었지?"

"배후에 고메이 천황이 있는 것 같습니다."

"흐흠……! 막부 군이 그런 사실을 알고 있는지 모르겠군."

"그것은 소직도 확실히 파악치 못했습니다."

"알겠소. 만약을 위해 준비해 두는 게 좋겠군."

"그렇습니다, 각하!"

그럴 가능성은 희박하지만 만약 막부가 사쓰마 번을 무찌르지 못하면, 오늘 유구로 떠날 이상적이나 밀사들의 면을 세워주기 위해서라도, 대한제국의 군대가 출전해 그들을 징치해야 될지도 몰랐다.

이에 그에 대한 준비를 미리 해두려는 것이다.

"사쓰마 번이 유구왕국의 도성인 나하(那覇)에 파견된 류큐 재번봉행(琉球在番奉行)은 철수시켰지만, 아마미군도(奄美群島)에는 여전히 오시마(大島), 기카이(喜界), 도쿠노시마(徳之島), 오키노에라부(沖永良部) 등 네 개 소에 대관(代官)을 배치하고 직접 지배하고 있습니다. 따라서 유구에서 완전히 손을 뗀 것이 아니니, 차제에 출병하여 이곳부터 수복해야 될 것으로 봅니다, 각하!"

"알겠소. 외무대신을 유구에 파견하기 전, 그곳부터 먼저 수복해 우리의 권위를 세우도록 합시다."

"네, 각하!"

병호가 외교력을 생각지 않고 바로 군을 움직일 생각을 한 것은, 알아보나마나 사쓰마 번의 행태가 유구왕성이 있는 오키나와 본토 외에는, 유구왕국의 영토가 아니라 생각하고 있다 판단했기 때문이었다.

이는 폐번치현 과정에서 그들이 오키나와 본토 외에는 모두 자신의 직할지로 삼은 것에서도 잘 알 수 있는 일로, 병호는 더 이상 번거롭게 하는 것보다 무력 사용 안부터 꺼내든 것이다.

이런 결정을 한 배경에는 또 하나의 이유가 있었다. 즉 임진왜란 때 끌려간 도공들의 후손을 돌려받기 위함이었다. 말로 해서 그들이 응할 것이라 보지 않기 때문에 대한제국의 힘을 보여주려 하는 것이다.

어찌 되었든 군을 또 동원해야 한다고 생각하니 병호로서는 머리가 복잡해졌다. 해병대 5만이 청국에 파병되어 있으니 더욱 그랬다. 아무래도 육전은 해군보다는 해병대가 나은데 더 이상 파병할 해병은 없고, 육군을 투입하자니 그 또한 마땅치 않았다.

그러나 궁즉통(窮卽通)이라고 병호의 머리에 떠오르는 것이 있어 이파에게 물었다.

"북해도의 실정은 어떻소? 큰 소요는 없는 것이지요?"

"네, 이제 원주민만으로 구성된 자체 경비대도 구성되어 있어, 더더욱 그런 위험성은 현저히 줄었습니다."

"알겠소."

그를 내보낸 병호는 바로 비서진을 통해 해병사령관을 부르도록 지시했다.

머지않아 신임 해병사령관 어재연(魚在淵)이 집무실 문을 열고 들어왔다. 어재연은 기존 조선 장령 출신으로 재교육 후 신 군문에 투신하여 승승장구한 인물로, 금번에 대장 진급과 함께 해병사령관에 오른 인물이었다.

그가 이렇게 승승장구한 이면에는 알게 모르게 병호의 입김이 작용했다. 즉 그가 역사적인 인물이기 때문에 자연스럽게 병호의 관심을 끌게 된 것이다. 원역사에서 그는 병인양요(丙寅洋擾) 때 광성진(廣城鎭)을 수비한 공이 있다.

그러나 신미양요(辛未洋擾) 때는 진무중군(鎭撫中軍)에 임명되어 광성보(廣城堡)로 급파되어 600여 명의 군사와 함께 미군과 사투를 벌였으나, 세궁역진하여 장렬하게 전사한 인물이었다.

그는 임전무퇴의 결의로 칼을 손에 잡고 적을 무찔렀고, 대포알 10여 개를 양손에 쥐고 적군에 던져 항전하다가 장렬하게 전사하였던 것이다.

황현의 '매천야록'을 보면 '칼을 들고 싸우다가 칼이 부러지자 납으로 된 탄환을 적에게 던지며 싸웠으며, 적의 창에 난자되고 머리를 베어갔다'고 적고 있어, 당시의 참혹한 상황을 잘 묘사하고 있다.

아무튼 이런 인물이었기에 병호의 관심 속에 승승장구하여, 35세의 젊은 나이에 해병대 최고 지위에 오를 수 있었던 것이다. 그런 그가 병호의 부름에 집무실 문을 열고 들어왔다.

"충성! 각하의 부름받고 달려왔습니다, 각하!"

"좋소, 거 앉아요."

"네, 각하!"

그를 소파에 앉힌 병호가 그의 맞은편에 앉으며 말문을 열었다.

"북해도에는 아직도 2만의 해병이 있지요?"

"네, 그렇습니다."

"내 생각에는 그중 1만을 빼도 상관없을 것 같은데 어찌 생각하오?"

"남도 북도 모두 정세가 안정되어 빼도 큰 지장은 없을 것 같습니다, 각하!"

"좋소. 하면 바로 그곳 주둔 사령관에게 통보하여 병력 1만을 뺄 수 있도록 해주시오."

"어디 파견할 곳이라도 있습니까?"

"옛 유구왕국의 영토인 아마미군도요."

"금번 전투는 소직이 직접 지휘하고 싶습니다."

"최고 지휘관은 그냥 자리에 앉아 전체를 파악하고 통솔하는 게 낫지 않겠소?"

"그냥 앉아만 있자니 좀이 쑤셔서 못 견디겠습니다."

"하하하! 정말 당신은 천생 무관인가 보군. 좋소! 가서 금번 전투는 당신이 가서 직접 전투 지휘를 하도록."

"감사합니다, 각하!"

"자, 내가 할 이야기는 여기까지. 할 말 있으면 하시오."

"없습니다. 이만 물러가겠습니다, 각하!"

"그래요."

어재연이 나가자 병호는 비서 김병기를 불러 인천으로 전보를 치도록 했다. 그곳에 해군사령부가 있었고 해군사령관 신헌 또한 그곳에 주로 머물러 있었기 때문이다.

신헌을 생각하니 갑자기 그의 스승 추사 김정희에 대해 생각이 미쳤다. 그가 부총리가 된 후 제주도에 유배 가 있던 김정희 또한 유배에서 바로 풀어주었다. 이에 유배에서 돌아온 김정희는 그 후 학문과 작품 활동에 전념하며 말년을 보냈다. 그러나 타고난 수는 어찌 할 수 없는지 작년에 생을 마감한 바 있었다.

이날 오후.

전보를 받자마자 경인선 열차를 타고 온 신헌이 총리실에 얼굴을 내민 것은 오후 1시였다.

"충성! 부름받고 달려왔습니다, 각하!"

"열차 타고 온 게 아니었소?"

병호의 농담에도 신헌은 부동자세로 정직하게 답했다.

"한양역까지 열차를 타고 온 건 맞지만, 그 후는 그 곳에 대기되어 있던 관용마를 타고 청사까지 왔으니 달려온 것이 맞습니다."

"하하하! 웃자고 한 소리에 그렇게 답하면 물은 내가 다 민망하군."

말을 하는 도중 그 가까이 다가간 병호가 그의 등을 툭 치자 그제야 비로소 안색을 풀며 신헌이 물었다.

"무슨 일이 있는 겁니까?"

"답을 하기 전에 중국에도 일부 해군이 머물고 있는 것으로 알고 있는데, 맞지요?"

"5만 해병을 육지에 상륙시키고 현재 그곳에는 50척의 함정에 1만의 해군이 머물러 군수 지원 및 유사시에 대비하고 있습니다. 각하!"

"좋소! 신 사령관을 부른 것은 다름 아니라 북해도로 가서 해병 1만을 태우고 아마미군도로 출전해야 되기 때문에 부른 것이오."

"알겠습니다. 출전 준비가 완료되어 있으니, 명령만 내리시면 바로 출전하도록 하겠습니다, 각하!"

말이 끝나자마자 바로 자리에서 일어나는 신헌을 보고 병호가 웃으며 말했다.

"거 성격이 나만치 급하군요. 그렇게 급한 사안은 아니니 일단 더 대화를 나누다가 출전을 하더라도 하시오."

"알겠습니다. 각하!"

"신 사령관을 부르고 나니 추사 어른이 생각나서 잠시 울적했었소."

"더 오래 사셨으면 좋았겠지만 그래도 칠순은 넘기셨으니 자손이나 제자들로서는 다행이라 생각하고 있습니다."

"유배 생활만 하지 않으셨더라도 좀 더 수를 누리실 수 있었을 텐데."

"동감입니다. 특히 예인들이 많이 아쉬워하고 있습니다."

이때 때맞추어 커피가 나왔다. 이에 병호는 그와 함께 커피를 마시며 한동안 더 사적인 이야기를 나누었다.

＊　　　＊　　　＊

그로부터 스무 날이 흐른 6월 초.

소 잡는 칼로 닭 잡는다는 표현 그대로 20척의 기함 포함하여 총 80척의 전함에 1만 수군과 1만 해병이 출전하여, 아마미오(庵美大島)섬을 포함하여 주변에 흩어져 있는 여러 섬을 점령하고 난 직후였다.

울고 싶은 아이 뺨 때려주는 격으로 막부에서 주한 일본 대사를 통해 사쓰마 번을 징치해 줄 것을 요청해왔다. 그 사유인즉, 막부 군이 사쓰마 번을 응징하러 가다가 아이즈 번의 공격을 받았다는 것이다.

막부 군이 직접 공격을 받은 것이 아니라 아이즈 번과 동맹 관계인 쓰루오카 번(鶴岡藩)의 합동 공격을 에도성이 받았다는 것이다. 따라서 막부군은 부득이 에도로 철수해 당분간은 움직일 수 없으므로, 대한제국군이 직접 사쓰마 번을 징치해 줬으면 좋겠다는 내용을 전한 것이다.

이에 병호는 즉각 수락하고 병력을 움직이기 시작했다. 즉 아마미군도에 있던 사쓰마 번의 관리 및 수백의 사쓰마 군을 축출하고 현재는 오키나와 본토에 머물러 있던 주력군을 움직인 것이다.

이들은 유구왕국으로 급파한 외무대신 이상적의 권위를 세워주기 위해 왕성까지 출병한 바 그 소임마저 다했으니 안성맞춤이었다. 아무튼 7천 해병을 태운 전함 60척은 병호의 명을 착실히 이행하기 시작했다.

사쓰마 번이 지배하고 있는 그들 턱 밑의 섬인 야쿠섬(屋久島)을 점령하고 계속 북상하여 다네가섬(種子島)마저 점령했다. 이후에도 계속 항해하여 끝내는 사쓰마 번의 주성이 있는 가고시마성(鹿兒島城)을 공격하기 위해 가고시마만(鹿兒島灣)으로 접어들었다.

이윽고 이들이 만을 거슬러 올라 가고시마 앞바다에 출현하자 사쓰마 번은 일대 소동이 벌어졌다.

"크, 큰일 났습니다, 번주님!"

"침착하지 못할까!"

관저에서 차 맛을 음미하던 금년 49세의 번주 시마즈 나리오키(島津斉興)의 근엄한 말에도, 그의 이복동생 시마즈 히사미쓰(島津久光)는 창백한 안색으로 벌벌 떨며 계속해서 말했다.

"조선의 군함으로 보이는 전단 60여 척이 만 안에 진입했습니다."

"뭐라고? 그들이 이곳까지?"

"네, 번주님! 아마 막부의 사주가 있지 않았나 생각됩니다."

"철포로 공격해!"

"네? 조선 해군이 강하다는 것은 정평이 나 있는데… 북해도의 일을 보아도 그렇고요."

"그럼, 앉아서 당할 거야?"

"그럴 수야 없죠."

"그럼 빨리 가 공격 명령을 내려!"

"네, 번주님!"

그때였다. 멀리서 뇌성이 우는 소리가 들리는 것 같더니 천지를 진동하는 굉음과 함께 사방에 불길이 치솟기 시작했다.

쾅 쾅 쾅……!

"조선 놈들이 벌써 공격을 시작한 모양입니다. 우선 피하시죠."

"거참……!"

번주 시마즈 나리오키가 쓴 입맛을 다시며 자리에서 일어나는 순간, 굉음과 함께 관사 일부가 내려앉으며 사방에 불길이 일기 시작했다.

"뛰어요, 뛰어!"

더 생각할 것도 없다는 듯 히사미쓰가 저 먼저 달아나며 소리치는데 나리오키는 여전히 침착한 발걸음으로 관사를 빠져나오기 시작했다.

"번주님!"

그와 동시에 일단의 무사와 가신들이 외침과 함께 들이닥쳤다.

"어서 저쪽으로."

그러나 나리오키는 여전히 서둘지 않았다.

그 모습에 가로 하나가 눈짓을 하자 젊은 무사 하나가 나리오키를 번쩍 안아들고 달리기 시작했다. 그 순간에도 나리오키는 발버둥을 치며 다그치고 있었다.

"왜 철포 공격을 않는 거야?"

"그깟 5파운드 철포로는 어림도 없습니다."

"이놈이! 무어라 지껄이는 거야?"

"우리도 대응 포격을 했단 말입니다. 그러나 사거리도 미치지 못할 뿐만 아니라 적은 탄환이 아니라 무슨 포탄인지 보다시피 우리 영지 곳곳을 불바다로 만들고 있지 않습니까?"

젊은 가신의 말에 비로소 대충의 상황이 파악된 나리오키의 입에서 괴로운 신음 소리만 흘러나왔다. 사실 나리오키는 현명한 통치자였다. 열악한 재정을 보충하기 위해 아마미오섬의 사탕을 전매제로 바꾸고 재빨리 서양의 문물을 받아들였다.

그 결과 서양 배를 건조해 막부에 헌상하기도 했다. 이때 그 배에 일본 최초로 현재의 일장기를 달았고, 이를 일본의 국기로 제정하는 데도 성공했다. 이외에 방적 공장을 지어 범포로도 사용했고, 서양 의술도 받아들였다.

그러나 궁핍한 재정을 보충하기 위해 유구왕국을 착취한 것이 빌미가 되어 끝내는 응분의 대가를 지불하고 있는 중이었다. 아무튼 해안에서 멀리 떨어진 지성(枝城)으로 부하들에 의해 강제 피신당하면서도 끝내 그는 저들의 행위를 수긍할 수도 묵과할 수도 없었다.

대한제국 해군의 맹렬한 포격은 한동안 계속되었다. 그 결과 해발 107m의 시로산(山) 동쪽 기슭에 구축한 평성과 그 안에 들어 있던 혼마루(주성) 내의 행정사무를 보는 청사와, 번주가 머무는 저택, 표서원 등이 순식간에 불바다가 되었다.

또한 적의 포격은 여기서 멈추지 않아 니노마루(둘째 성곽)에 있던 대를 이을 자식과 첩 등이 머무는 집과 정원 역시 쑥대밭이 되었고, 곳곳에는 무너진 석벽으로 인해 해자가 메워졌다.

이렇게 되는 동안 사쓰마 번의 병사들 전체가 피신하기만 급급했던 것은 아니었다. 해안포에 포진하고 있던 병사들은 서양 기술을 들여와 제작한 5파운드짜리 철포를 적선을 향해 연신 쏘았다.

그러나 사거리가 미치지 못해 커다란 쇠구슬은 그야말로

드넓은 창해(滄海)에 하나의 좁쌀이 되어 수장될 수밖에 없었다. 이에 비분강개해 눈물을 뿌리며 망연히 서 있는 것도 잠시.

곧 적진에서 포진지를 향해 포신을 돌리니 포진지가 풍비박산이 되는 것은 순식간의 일이었다. 이런 속에서 수백 년 동안 축조된 외성의 하나인 지성으로 숨어든 번주 시마즈 나리오키는 그를 에워싼 가신들과 무사들에게 누구라 지칭하지 않고 명을 내렸다.

"이대로 당하고만 있을 수는 없다. 성내의 전 병력을 동원하여 적이 상륙하는 대로 궤멸시키도록!"

"네, 번주님!"

이때였다. 눈에 띄지도 않는 하급 무사 대열에서 두 명이 일시에 튀어나와 이구동성으로 고했다.

"안 됩니다, 번주님!"

이에 노한 눈으로 둘을 바라보던 나리오키의 입에서 놀란 외침이 튀어나왔다.

"네놈들은?"

이 둘이야말로 조선 유학파 출신인 사이고 다카모리(西鄕隆盛)와 오쿠보 도시미치(大久保利通)로, 그가 측근에 두고 상당히 총애해 온 인물이기도 했다.

신분상 하급 무사 출신의 이들이었지만 그들의 조언을 받아들여 서양문물을 받아들이기도 했다. 번주 나리오키 자체가 조선을 멸시하는 바가 있으므로 대한제국이 아닌 서양문물을 받아들인 것이다.

그렇지만 그들의 만류에도 불구하고 유구왕국에 대한 착취를 강화함으로써 궁극에는 오늘의 일을 당하고 있는 것이다. 아무튼 번주 나리오키의 노한 물음에도 사이고 다카모리는 전혀 흔들리지 않고 답했다.

"우리가 대한제국군에 저항을 하면 할수록 더욱 가혹한 조건의 항서를 쓸 수밖에 없습니다. 따라서……."

"시끄럽다. 당장 저 두 놈을 포박해 감옥에 가두어라!"

"네, 번주님!"

곧 번주 측근에 있던 호위무사들이 나서서 두 사람을 포박했다. 이에 두 사람은 전혀 저항하지 않고 순순히 포박을 당했다. 이 모습을 지켜보던 번주 나리오키가 명했다.

"전 병력을 동원해 적의 상륙을 저지하라!"

"네, 번주님!"

번사(藩士)의 우두머리 백찰(百察)이 명을 받고 달려 나갔다. 그러자 호위 무사를 제외한 전 무사들이 그를 따라 움직이기 시작했다.

한편 대한제국군은 함포로 적의 해안포 및 심장부를 초토화시킨 후 곧 상륙작전을 감행했다. 7천 해병이 새로 제작되어 보급되기 시작한 고무보트와 단정을 타고 속속 해안으로 몰려갔다.

이에 발맞추어 해군은 혹시 있을 적의 반격을 우려해 해안 일대에 계속해서 함포 사격을 퍼부었다. 이렇게 해서 선두인 천 명의 해병이 교두보를 확보하자 해군의 지원사격도 끝이 났다.

곧 후위 해병들이 속속 상륙을 시도하는데 포성이 그치자 적이 해안으로 달려들었다. 이 모양을 지켜보던 해군사령관 신헌은 다시 포격을 명했고, 해병사령관 어재연은 직접 단정을 타고 해병을 지휘하기 위해 출전했다.

아군의 맹렬한 함포 공격에 다시 적이 후퇴해 속수무책으로 지켜보는 동안 상륙을 마친 7천 해병은 어재연의 지휘 하에 일제히 백사장 끝에 엎드려 적을 향해 사격을 개시했다.

이에 1만 5천의 사쓰마 번 병사들도 조총과 화살로 응전하며 아군에게 달려들었다. 이때였다. 갑자기 적진에 수십 발의 포탄이 날아들어 대폭발을 일으켰다. 절대 함포 공격이 아니었다.

양군의 거리가 가까워 더 이상 함포를 사용할 수 없는 거리였기 때문이었다. 아무튼 대단한 폭발력에 비명마저 삼켜버린 적진 속에서 일대 소란이 일어났다.

쾅 쾅 쾅!

콰쾅 쾅쾅……!

"으악……!"

뒤늦게 튀어나오는 비명도 있었다. 아군 후방에 위치했던 화기 소대원들이 30여 문의 박격포를 발사한 것이다. 지금 아군이 사용하고 있는 박격포는 무기 현대화 계획의 일환으로 개발된 육군용으로 60㎜였다.

원래는 양각대 및 조준경도 있어야 하나 그렇게 되면 무게가 무려 20㎏이나 나가, 침투 전문의 해병이 사용하기에는 무리가 있었다. 그래서 이들에게는 포신과 포판만 지급되었다. 그러자 그 무게가 절반으로 대폭 경감되었다.

그래도 사격은 가능했고 아주 엉뚱한 곳으로 날아가지는 않으니 지금과 같이 중·원거리 접전 시에는 큰 효험을 볼 수 있는 신형 무기였다. 아무튼 적이 아군의 박격포 공격에 놀라 우왕좌왕함에도 불구하고 어재연은 침착하게 때를 기다렸다.

그러자 그사이 전열을 정비한 적들이 함성을 지르며 일제히 엎드려 있는 아군을 향해 달려들었다. 점점 양군의 간격이 좁혀졌다. 이에 이재연이 큰 소리로 명을 내렸다.

"투척 준비!"

복창도 없었다. 그의 명은 소음에 묻혀 주위 사람에게만 들릴 뿐이었다. 그럼에도 불구하고 생명의 위협을 느낀 대원들이 알아서 제 임무를 척척 해나갔다.

"투척!"

"사격 개시!"

최전방 적이 10m 이내로 달려들자 생명의 위협을 느낀 어재연이 자신도 모르게 명을 내렸다. 그러나 그 명에 관계없이 아군 병사들에 의해 적진으로 날아가는 것이 있었다.

도화선이 내재된 막대기 수류탄이었다. 도화선에 불을 붙이면 3초 후에 폭발하므로 무조건 불을 붙였다하면 어디든 던져야 했다. 곧 수십 발의 수류탄이 시차를 두고 폭발했다.

쾅 쾅 쾅……!

콰쾅쾅쾅……!

"으악……!"

탕탕탕……!

천지를 떨어 울리는 비명과 함께 적진은 순식간에 아비규환의 현장으로 변했다. 여기에 아군 소총이 일제히 불을 뿜고 재장전을 마친 박격포도 가세하니, 적들도 이번에는 궤멸적 타격을 입고 일제히 도주하기 시작했다. 이에 어재연은 즉시 공격 명령을 내렸다.

"공격 앞으로!"

"공격 앞으로!"

곧 해안에 엎드려 일제사격을 가하던 대원들이 벌떡 일어나 내달리며 적들을 향해 연속 사격을 가했다.

탕 탕 탕!

타다다다당!

"으악……!"

아군이 발사하는 총탄에 후미의 적들이 무더기로 쓰러져나
갔다. 그렇게 용감했던 적들도 현격한 무기의 성능 차 앞에서
는 한 마리 사냥당하는 짐승으로 전락하여 패주하기 바빴다.

그런 그들을 향해 아군도 맹렬히 추격하며 적을 사살해 나
갔다. 그렇게 500여 미터 적을 쫓다 보니 어느덧 반파된 외성
사이로 드러난 건물로 적이 스며들기 시작했다.

이에 어재연은 추격 중지 명령을 내렸다.

"추격 중지!"

"추격 중지!"

명을 알아들은 병사들부터 이를 복창하기 시작하자 종내
는 거대한 함성이 되어 선두 열도 추격을 중지하고 아군을 기
다렸다. 곧 전열을 정비한 아군은 일제 수색에 나섰다.

숨은 적을 찾아내 사살하려는 것도 있지만 그보다는 번주
이하 지휘부를 찾아내 항복을 받아내는 것이 더 큰 목적인
수색이었다. 그렇게 숨은 적을 찾아내며 아군이 점점 적의 중
심부로 향하던 도중이었다.

백기를 든 두 명이 아군의 인도하에 어재연 앞에 나타났
다.

"무슨 일인가?"

"항복차 찾아왔소이다."

둘 중 하나의 입에서 나오는 유창한 조선말에 어재연이 깜짝 놀라거나 말거나 그자의 입에서는 계속해서 듣고 싶은 말이 나왔다.

"항복을 받아달라는 번주님의 청을 전하러 왔소이다."

"대한제국 말을 유창하게 구사하는 그대는 누구인가?"

"저는 사이고 다카모리(西鄕隆盛)고, 옆의 이 친구는 오쿠보 도시미치(大久保利通)로 둘 다 조선에 유학을 다녀온 바 있습니다."

시세가 불리해지자 번주가 옥에 가두었던 두 사람을 석방해 교섭을 맡긴 모양이었다. 여기서 두 인물을 잠간 소개하고 넘어가면 원역사에서 사이고 다카모리는 유신삼걸 중의 하나로 육군 원수직에 오르는 대단한 인물이었다.

또 오쿠보 도시미치 역시 사쓰마 번 출신으로 존왕양이 운동에 투신해 번주의 신뢰를 얻으며 번 대표로 활동했다. 메이지유신 후에는 늘 정부의 중심에서 국민국가의 체제 확립에 힘썼다.

폐번치현 이후 이와쿠라 사절단의 일행으로 유럽을 시찰하고 돌아왔고, 정한론을 둘러싼 정변이 일어났을 때 내치우선론을 주장했다. 이후 내무경을 겸임하는 등 정부의 중심인물이자 최고 권력자로 메이지 국가 건설을 주도했으나, 1877년에 암살당했다.

사이고 다카모리가 금년 30세, 오쿠보 도시미치는 28세의 젊은 청년이었다. 아무튼 사이고 다카모리의 말에 어재연이 말했다.

"조선 유학파라니 반갑다. 번주가 항복을 하겠다고?"

"네, 그렇습니다."

오쿠보 도시미치의 말에 어재연이 고개를 끄덕이며 말했다.

"우리도 쓸데없는 피를 원하는 것은 아니니 항복을 받아들이겠다."

"감사합니다!"

두 사람이 정중히 감사를 표하며 고개를 숙이자 엷은 미소를 지은 어재연이 말했다.

"번주가 있는 곳으로 가자!"

"네!"

두 사람이 이구동성으로 답하고 앞장을 서자 어재연은 곧 대원들을 수습해 보무도 당당히 두 사람의 뒤를 따르기 시작했다. 이때였다. 이들 무리로 달려오는 사람이 있었다.

해군 복장을 한 병사였다. 곧 그 병사가 어재연 가까이 달려와 숨을 헐떡이며 말했다.

"총리 각하의… 새로운 지시가… 내려졌습니다."

"그래? 뭔데?"

이때였다. 어재연의 부관이 어재연에게 경각심을 일깨워줬다.

"적의 사자가 있습니다."

"아, 그렇지."

어재연은 곧 해군 전령을 데리고 열에서 이탈해 아무도 없는 곳으로 갔다.

아무도 없는 곳에 도착하자 걸음을 멈춘 어재연이 전령에게 물었다.

"무슨 지시이신가?"

"이곳의 일이 끝나는 대로 수마트라의 아체족을 몰살시키라는 총리 각하의 명이십니다."

"뭐라고? 지금까지 해온 것을 보면 그렇게 몰상식한… 험험, 험한 일을 지시할 분이 아니신데 이게 어찌 된 일인가?"

"신임 인성룡 총독께서 아체족을 순시하시던 중 피살당하는 불행한 일이 있었답니다."

"그러면 그렇지. 그렇다면 의당 놈들의 씨를 말려야지. 그러나저러나 총리 각하의 분노가 하늘을 찔렀겠군."

"해군사령관께서도 전령에게 그 말을 물었더니 말도 못했답니다. 한동안 각하의 근처에 아무도 얼씬도 못했답니다. 유달리 아낀 사람인데 비명에 갔으니……."

"일단 이곳부터 정리하고 합류할 테니 그런 줄 알게."

"그 외에 추가 지시도 있는 모양이나, 이곳을 정리하고 오시면 그때 사령관님께서 말씀하실 겁니다."

"알겠네."

전령을 보낸 어재연 해병사령관은 곧 본대에 합류해 멈추었던 행렬을 다시 움직이게 했다. 머지않아 어재연과 7천 해병은 여전히 외성의 한 지성에 자리 잡고 있는 번주와 그 일행을 만날 수 있었다.

그곳에는 패주한 적들도 상당수 합류해 그를 모시고 있었다. 어재연이 보기에 5천 정도의 병사였다. 일별한 어재연이 번주라 짐작되는 중심의 인물을 향해 차가운 목소리로 명했다.

"부하들의 무장해제부터 시키시오."

"알겠소!"

퉁명스럽게 답한 시마즈 나리오키가 어쩔 수 없다는 듯 힘 빠진 목소리로 부하들에게 명했다.

"모두 무기를 버려라!"

"번주님! 흑흑흑……!"

여기저기서 번주를 부르며 울음이 터져 나왔다. 이에 노한 목소리로 나리오키가 말했다.

"내 명을 거역할 셈인가?"

이에 어쩔 수 없이 무기를 버리기 시작하는 사쓰마 번의 병사들이었다. 곧 아군에 의해 모든 무기가 회수되기 시작했다. 이 모든 것이 끝나자 어재연이 다시 나섰다.

"이쯤 되면 번주는 패전의 책임을 지고 자리에서 물러나야 하지 않겠소?"

"자리에서 물러나는 정도가 아니라 패전에 대한 책임을 지고 할복을 할 예정이오. 시세를 몰라 많은 병사들을 죽음으로 몰아넣었으니 그 책임을 져야지요."

"번주님! 흑흑흑……!"

또 한 번 여기저기서 곡성이 터져 나오자 나리오키가 버럭 소리를 질렀다.

"모든 병사는 물러가라!"

그래도 병사들이 한동안 움직이지 않자 재차 그의 노성이 터져 나오고서야 병사들은 하나둘 흩어지기 시작했다. 이를 지켜보던 어재연이 나리오키에게 말했다.

"그대의 사내다운 행동에 차기 번주에 대한 지명권을 주겠소."

이 말에 냉엄하기만 하던 나리오키의 얼굴에 슬픔의 그림자가 스쳐 지나갔다. 그런 그가 잠긴 목소리로 말했다.

"대한제국군의 포격에 하나뿐인 어린 아들마저 비명에 갔으니, 차기 번주는 '소노스케(壯之助)' 너다!"

"네? 제가요? 번주님!"

"그래!"

나리오키의 지명에 얼떨떨한 표정을 짓는 자는 금년 18세의 시마즈 다다요시(島津忠義)라는 자였다. 훗날 시마즈 모치히사(島津茂久)라 불리게 되는 인물로, 그의 부친이 바로 현 영주의 이복동생인 시마즈 히사미쓰(島津久光)였다. 번주 나리오키에게 제일 먼저 대한제국군의 침입을 보고한 자였다.

"히사미쓰!"

"네, 번주님!"

"네가 당분간 다다요시의 섭정이 되어 우리 번을 통치하도록. 그리고……."

"잠깐만!"

어재연이 중간에 끼어들었다.

"무슨 일이오?"

"섭정에 지정된 인물은 인질이 되어 대한제국으로 가야겠소."

"내 죽음 하나로 모든 것을 끝내주면 안 되겠소?"

"일본 제도 중에 참근교대제라는 것이 있는 것으로 아는데?"

"끙……!"

괴로운 신음을 토하던 나리오키가 어쩔 수 없다는 듯 고개를 끄덕이며 다음 명을 내렸다.

"다음 대 번주인 다다요시는 사이고 다카모리와 오쿠보 도시미치를 가신으로 임명해 조력을 받도록!"

"명을 받자옵니다, 번주님!"

다다요시가 즉시 무릎을 꿇고 명을 받들자 두 사람은 망연한 얼굴로 시선을 하늘에 두었다.

영악한 나리오키는 비록 자신은 죽을지라도 대한제국의 유학파인 두 사람을 중용해, 대한제국으로부터 영지 보전 및 여타 불이익을 덜 받고자 획책하는 것이다.

아무튼 그다음 일은 일사천리로 진행이 되었다. 실제로 나리오키는 할복을 했고, 사쓰마 번은 대한제국의 별도의 명이 없는 한 영원히 무장을 할 수 없게 되었다. 대신 대한제국에서 이들 번의 안전은 지켜주기로 했다.

그리고 섭정이자 신임 번주의 친아버지인 시마즈 히사미쓰는 인질이 되어 한양으로 끌려가게 되었고, 그 외에도 대한제국으로 가야 하는 또 한 부류가 있었다.

병호가 지시한 사쓰마도기(薩摩燒)를 생산하는 도공들이었다. 사쓰마도기는 임진왜란 당시 일본으로 잡혀간 조선인 도공이 사쓰마(지금의 가고시마)에서 구워낸 도자기를 말하는 것이다.

임진왜란 당시 사쓰마 번주 시마즈 요시히로(島津義弘)가 박

평의(朴平意) 심당길(沈當吉) 등 42명의 조선인 도공을 붙잡아 구시키노(串木野), 이치기(市来), 가고시마(鹿兒島) 지역에 머물게 하면서 생산한 도자기다.

사쓰마도기에는 백사쓰마, 흑사쓰마가 있었는데, 에도(江戶) 말기부터 채색 그림 기법을 도입하여 긴란데와 같은 채색 도기로 인기를 모았고, 이후 조선도기로 명명된 사쓰마도기는 1862년 개최되는 한양 만국박람회에 출품되어, 구미에서 유행하던 대한제국 취미에 큰 영향을 미치게 된다.

아무튼 그것은 5년 후의 일이고 대충 사쓰마 번에 대한 일 처리가 끝나자, 해병사령관 어재연은 병력은 그대로 남긴 채 기함으로 돌아와 해군사령관 신헌을 만났다.

"고생하셨소."

신헌의 위로에 어재연이 씩 웃으며 답했다.

"의당 할 일인데요, 뭐. 추가 지시사항이 있다고요?"

"각하의 지시오만 이곳에는 2천 병력만 남기라고 하셨소."

"2천 명이면 너무 적지 않습니까?"

어재연의 우려에 신헌이 자세한 설명을 했다.

"많은 병력을 주둔시키면 막부와 마찰을 빚을 우려도 있고, 또 그 정도 병력이면 아군의 무장 상태로 보아 타번의 침략에 쉽게 패하지는 않을 것이오. 더구나 아군의 무용담을 타번에서 전해 듣는다면 감히 쉽게 침략하지는 못할 것이오.

더 중요한 것은 비록 2천의 병력이지만 그들을 건드린다는 것은 곧 대한제국의 응징 보복을 각오해야만 하는 일이니, 사쓰마 번 꼴 나지 않으려면 언감생심 침략은 엄두도 내지 못할 것이오."

"듣고 보니 그렇습니다."

"하고 금번에 우리가 점령한 규슈 남단의 섬 두 곳은 아예 대한제국의 영토로 편입할 예정이니, 군을 주둔시키라는 각하의 지시가 있었소."

"야쿠섬(屋久島)과 다네가섬(種子島)을 말씀하시는 겁니까?"

"그렇소."

"다 좋은데, 이곳저곳에 병력을 흩어놓으면 아체족은 어찌 징치합니까?"

"수마트라에 1만 해병이 있고, 또 현지 사령관에게 내려놓은 지시가 있으니 충분히 가능할 것이라는 말씀이계셨소."

"현지 총독에게 무슨 지시를 내려놓으셨기에 3천 병력으로……."

"가보면 알겠지요."

"가자마자 현지 총독부터 만나봐야겠군요."

"물론이오. 그리고 또 하나. 아체족을 정복하고 나면 발리, 파푸아뉴기니, 티모르 등도 순차적으로 점령하라는 각하의 지시가 있었소."

"허허, 그러다 보면 언제 고국으로 돌아갈지 까마득하군 요."

"사령관의 입에서 그런 말이 나오니 좀 이상한데?"

"저도 사람입니다."

"알았소, 알았어. 자 일단 병력을 철수시켜 유구왕국의 나 하로 갑시다."

"그곳에는 왜요?"

"보급선을 그곳으로 보낸다니 그곳에서 보급을 받아야죠."

"알겠습니다."

곧 다시 사쓰마 번청으로 돌아온 어재연은 그곳에 2천 명 의 병력만 남기고 모두 전함으로 철수를 시켰다. 물론 이 과 정에서 대한제국 본토로 끌려갈 시마즈 히사미쓰와 도공 가 족 수백 명 또한 포함되어 전함에 승선할 수밖에 없었다.

곧 대한제국 전단은 가고시마를 출발해 종자도와 옥구도에 각각 1천 명의 해병을 남겼다. 그리고 3천 해병과 유구왕국의 도성에 도착한 80척의 전단은 그곳에서 보급을 받고, 도공 및 히사미쓰를 보급선에 인계했다.

한편 이때까지도 병호는 수마트라 총독 인성룡의 죽음에 자책과 슬픔에 빠져 있었다. 비록 외무대신 이상적이 유구왕 국과 맺은 상호 통상조약이 일시 위로를 주긴 했지만 근본적 인 치유책은 되지 못했다.

일본과 똑같이 무관세 조항과 상호 군대 파병을 주 내용으로 하는 유구왕국과의 통상수호조약 체결은 벌써 두 번째라 그런지 기쁨도 그렇게 크지 못했다. 그런 데다 인성룡이 총독 임명 후 몇 번 고사하는 것을 강제로 그에게 총독의 임무를 맡긴 바 있는 자신이다.

즉 인성룡이 계속 고사함에도 불구하고 병호는 비록 신분이 미천할지라도 열심히 하는 자는 대한제국의 최고 지위에 오를 수 있다는 것을 보여주기 위해서, 총독직을 수락해야 한다고 계속 강요했던 것이다.

그 바람에 결국 인성룡은 늦게 정식으로 총독에 취임했고, 취임 후 수마트라 내 주요 도시를 순시하다가 아체족 무장 괴한의 습격을 받고 끝내는 숨지는 참변이 발생했던 것이다.

이에 병호는 전 1군단장이자, 일시 해병사령관에 오르기도 했던 현지 해병 1만을 지휘하는 고민석을 총독에 발령하는 조치를 취함과 동시에, 해군·해병사령관 양인에게 아체족의 토벌을 명한 것이다.

또 차제에 수마트라 주변의 여러 섬도 점령하여 대제국의 기틀을 마련하라 지시한 것이다. 주변 섬들은 원래 네덜란드의 침략을 받아 대부분 그들의 수중에 들어가야 했다.

그러나 네덜란드는 결코 그렇게 하지 않았다. 병호의 제안이 먹혀들었기 때문이다. 즉 범아시아 및 대양주 경제 공동체에 유럽에서는 유일하게 네덜란드만이 가입이 허용되었고, 그 대가로 네덜란드는 자바섬 외에는 인근에 식민지를 확대하지 않은 것이다.

그러니 주변 섬들이 다른 유럽 열강의 각축장이 될 우려가 있어 재빨리 손을 쓰려하는 것이다. 이미 일부는 이들 나라에 넘어가기도 했지만 말이다. 아무튼 오키나와를 떠난 대전단은 10일의 항해 끝에 수마트라 메단에 도착할 수가 있었다.

뭍에 오른 신헌과 어재연의 시선은 한곳에 머물지 못하고 사방을 훑느라 정신이 없었다. 서양인들이 쿨리라 부르는 가난한 청국 백성들을 받아들여 이미 메단은 인구 5만의 큰 도시로 발전해 있었기 때문이다.

수마트라의 수도이기도 한 이곳은 계획도시라 도로가 사방으로 잘 정비되어 있었고, 하수관의 설치로 시가지 또한 깨끗했다. 여기에 조선에서 공급한 시멘트로 주요 건물이 축조되어 있어, 마치 서방의 도시를 보는 듯 미려하기 그지없었다.

아무튼 호위병에 에워싸인 두 사령관이 청사에 발을 들여놓자 미리 통보를 받은 신임 수마트라 총독 고민석이 두 사람을 영접했다.

"어서 오시오, 두 분 사령관님!"

"고생이 많습니다, 총독님!"

"별말씀을. 자, 안으로 드실까요?"

"감사합니다."

두 사람은 곧 고민석의 안내를 받아 특별히 총독 관저로 향했다.

머지않아 총독 관저에 도착한 일행은 고민석의 안내로 응접실에서 환대를 받게 되었다.

제5장
분노, 천하를 태우다

곧 두 명의 아리따운 아가씨들이 음료수와 열대 과일을 내오기 시작한 것이다. 물론 이것만으로 환대를 받았다 할 수는 없을 것이다. 문제는 수마트라 원주민 중의 한 갈래인 바타크족과 가요족 처녀가 고민석의 눈짓에 곧 대야에 찬물을 떠오더니 두 사람의 발을 마사지하기 시작했다.

이에 당황한 두 사람이 사양의 몸짓을 하는데 고민석이 말했다.

"장기간의 선상 생활과 더운 날씨에 상당히 피곤할 테니 우선 피로를 풀고 이야기를 나눕시다."

이에 두 사람이 마지못해 발마사지에 응하고 있는데 고민석이 갑자기 두 번의 손뼉을 쳤다. 그러자 중국인인 듯 치파오 복장을 한 두 미녀가 나타나 이번에는 두 사람의 어깨를 주무르기 시작했다.

이에 갑자기 화를 벌컥 내는 어재연이었다.

"이 무슨 짓이오? 우리가 이런 환대를 받으려고 이 먼 곳까지 온 줄 아오? 우리는 전임 총독의 죽음을 맞아 아체족을……."

"아, 무슨 말인 줄 잘 아오. 그러나 전투도 몸이 건강한 상태라야 이성적인 결단을 내릴 수 있는 것인즉……."

"필요없소. 우리는 바로 임무를 수행하러 떠나야 할 몸들이니, 어서 우리에게 총리 각하께서 지시한 내용이나 들려주시오."

말과 함께 어깨를 주무르던 두 여인을 뿌리치는 것은 물론 발마저 대야에서 뺀 채 거듭 거부감을 표시하는 어재연 때문에, 고민석은 어쩔 수 없이 네 여인을 도로 내부로 들여보냈다. 그리고 고민석이 대소하며 말했다.

"하하하! 명불허전이오. 그러니 총리 각하께서 내게 이런 명을 내리셨겠지요."

중간에 끼어 어정쩡하게 된 신헌이 전환된 화제로 달려들었다.

"무슨 이야기요?"

"총리 각하의 말씀 중에 이런 구절이 있었소. 대한제국의 본토 젊은이들을 국민개병제라는 이름으로 모두 군에 입대시킬 때도 연방의 해외 영토는 자치권을 존중해 개병제를 실사하지 않았다. 그런데도 돌아온 것은 저희들을 지켜준 총독에 대한 위해였다. 따라서 이제부터는 전 해외 영토도 국민 개병제를 실시하는 것은 물론, 여타 본토와 똑같이 세금을 징수하고, 대한제국의 말을 강제할 것이다. 따라서 각 총독은 당장 훈련소를 세워 징집을 단행하고 학교도 세워 대한제국의 말을 가르쳐라."

"그게 우리의 환대와 무슨 상관이오?"

신헌의 물음에 고민석이 빙긋 웃으며 답했다.

"두 사령관 모두 강직한 사람들이라 임무가 주어지면 즉각 수행하러 달려들 것이다. 그렇게 하는 것도 좋으나 내 생각으로는 기 지시대로 현지 주민을 징집해 훈련을 시킨 후 아체족에 대한 토벌을 단행함은 물론, 여타 다른 섬도 정복해 나가도록 하라. 아니, 한발 더 나아가 본토에서 파병 요청이 있을 때는 즉각 파병할 수 있도록 만전의 준비를 갖추도록 하라. 총리 각하의 이런 지시가 나는 솔직히 믿기지 않았소. 그래서 환대를 평계로 본의 아니게 떠보게 되었고……."

"사람을 시험하다니……!"

불쾌한 낯빛으로 버럭 화를 내는 어재연 때문에 다시 분위기가 어색해지려 하자 신헌이 급히 나섰다.

"문제는 이곳 원주민들을 시켜 아체족 토벌을 단행하라는 것인데, 그렇게 되면 너무 오랜 시간이 걸리는 것 아니오?"

"급할수록 돌아가라고. 내가 알기에 그래서 육군이라도 추가 파병할 수 있는 것을 하지 않은 것으로 아오."

"좋소. 각하의 지시에 따를 테니 마련된 계획안이 있으면 들려주시오."

신헌의 말에 고개를 끄덕인 고민석이 말했다.

"어 해병사령관께서는 자카르타와 가까운 반다르람풍으로 가주셔야겠소."

"아체족이 있는 아체항이 아니라 왜 그곳이오?"

"다른 주요 도시에는 2천 명씩의 우리 해병이 주둔하여 원주민을 훈련시킬 수가 있소. 그러나 그곳만은 아직도 네덜란드 군이 담당하고 있는 바, 이제는 그곳도 아군 관할지로 회복하라는 각하의 지시가 계셨소."

"알겠소이다."

총리의 지시라 하니 어재연이 금방 수긍을 하는데 신헌이 궁금한 사항을 물었다.

"군대를 빼도 치안 유지에 아무런 문제가 없겠소?"

"이곳도 자경대라는 이름으로 경찰 역할을 하는 치안 유지군을 양성하여 활약케 하고 있으니 치안에는 큰 문제가 없습니다."

"다행이군요."

이때였다. 어재연이 불쑥 뱉었다.

"배고프니 다른 것 다 그만두고 쌀밥 좀 주오. 어서 먹고 반다르풍인가 람풍로 떠나게."

"하하하! 그럽시다."

고민석이 크게 웃으며 손뼉을 두 번 치자 미리 준비해 놓은 듯 김치를 비롯한 한국 교유의 반찬에 고봉밥이 나왔다.

곧 식탁으로 변한 티 테이블에서 밥을 한 숟가락 푹 떠 김치를 찢어 입에 넣고 씹던 어재연이 갑자기 인상을 찌푸리며 중얼거렸다.

"이건 아닌데?"

"뭐가 아니란 말이오?"

"우리가 아무리 선상 생활로 쌀밥에 굶주렸기로서니 밥맛이 너무 없잖소? 마치 파리가 빤 듯 안남미와 똑같은데?"

"하하하! 난 또 뭐라고? 그래도 우린 그 밥을 열심히 먹어야 하오."

"그게 무슨 말이오?"

"사실 이곳에는 벼 육종 연구소가 있소."

"그래서?"

장단을 맞추듯 묻는 신헌의 말에 빙긋 웃은 고민석이 자세한 말을 했다.

　"각하의 지시로 각 대사관을 통해 수확량이 많은 우수한 품종의 볍씨를 수집했다 하오. 그 가운데 유럽의 한 품종이 선정되어 대한제국에 재배를 해보았으나, 대부분이 죽거나 쭉정이만 남는 바람에 육종 연구소를 설립하여 교배를 하라는 지시가 내려왔다 하오. 그리고 육종 연구소를 아예 3모작이 가능한 이곳에 설치케 했고, 연구 과정에서 안남미, 이곳 품종, 조선 재래종 심지어 필리핀의 볍씨 품종까지 여러 품종이 교배되었소. 그러다 보니 월등히 많은 품종이 탄생하기는 했는데 이렇게 밥맛이 없소. 그래서 육종 연구소에서는 수확량이 많으면서도 밥맛이 좋은 품종을 개발하기 위해 작년에는 일본산 뭐라더라 자포니카 쌀을 들여와 교배를 했는데, 이것이 성공하여 지금은 밥맛도 좋고 수확량도 많은 볍씨를 얻는 데 성공했다 하오. 그런데 문제는 이 품종은 많은 볍씨를 생산해야 되기 때문에 먹을 수 없고, 우리는 그전에 생산된 수확량이 많은 쌀을 어서 먹어 치워야 하는 형편이라오."

　"참으로 각하는 대단하신 분이오. 범인은 생각도 못할 볍씨 개량에까지 신경을 쓰시다니 말이오."

　"누가 아니라오? 그분이 아니었으면 아마도 대한제국은 지금도 그 모양 그 꼴로 남의 나라에 판판히 당하고만 있을 것이오."

신헌과 고민석의 말에도 어재연은 묵묵히 밥만 먹고 있는 줄 알았다. 그런데 그게 아니었다. 어재연이 코를 훌쩍거리는 소리에 둘은 그가 울고 있는 줄 비로소 알았다.

"왜 그러오?"

"각하가 아니었으면 나는 아직도 말단 장령으로 썩고 있지 않을까를 생각하면 그 은혜 사무쳐 꺼이 꺼이……."

기어이 울음을 터뜨리는 어재연 때문에 두 사람은 머쓱해질 수밖에 없었다.

*   *   *

그렇게 세월은 흘러 어느덧 1857년 섣달이 되었다. 그동안 수마트라의 6대 거점 도시에서는 각 훈련소마다 5천 명의 훈련병을 받아들여 매월 이들을 현역으로 쏟아내, 지금은 15만의 현역군을 양성해 놓았다.

그 바람에 최초로 해외파병이 되어 현지에 주둔하며 고생하던 기존 해병들 모두가 최소 부사관급 이상의 간부가 되는 특혜를 받았다. 이런 데는 물론 많은 병력 자원이 뒷받침되었기 때문임은 불문가지였다.

애초 1천만인 줄 알았던 수마트라의 인구가 자경대를 조직하고 현역을 늘려 점점 깊숙이 내륙으로 파고들어 원주민을 대한제국 국민화하자, 그 인구가 지금은 1천 3백만으로 불어났고, 또 불어난 만큼의 병력 증강 효과도 가져왔기 때문에 가능했던 것이다.

앞으로도 더 많은 인구 편입이 가능한 속에서 대한제국 한양에서는 경축 행사가 한창 벌어지고 있었다. 즉 연말이 되자 경단선(한양에서 단동까지의 선로), 경발선(한양에서 발해, 즉 우수리스크까지), 경부선, 호남선이 완공되었다.

이에 황제 이하 전 각료는 물론 주한 외교사절 여타 많은 한양 백성이 참여한 개통식 겸 시승식이 막 한양에서 개최되고 있었다. 그런데 이 자리에 참석한 병호는 기분이 참으로 묘했다.

비단옷 입고 밤길 걷는 기분이랄까. 마치 금의환향했는데 자신을 반길 사람이 없는 것과 같은 심리가 가슴 한편에 내재되어 있었던 것이다. 왜 그런가 하고 자신의 생각을 더듬어보니 곧 그 원인을 알 수 있었다.

즉 금년 8월 4일 69세로 태황태후 김 씨가 승하한 때문임을 알 수 있었다. 오늘 같은 경사라면 크게 기뻐했을 나라의 큰어른이었던 그분이 돌아가시고 나니 무언가 쓸쓸한 소회를 느꼈던 것이다.

그래서 병호가 쓸쓸한 얼굴로 자신의 발밑을 내려다보고

있는데 급히 부르는 사람이 있었다.

"각하!"

이에 병호가 퍼뜩 고개 들어 바라보니 주한 중국 대사 목창아였다.

"종전까지도 안 보이더이다. 왜 이렇게 늦었소?"

"각하도 잘 알다시피 이곳에 참가할 정신이 아니잖소?"

"험, 험, 그야 그럴 수도 있겠구려."

"각하! 제발 어떻게 안 되겠습니까?"

"글쎄, 그것이 종전 내가 입장을 밝힌 대로……."

"제가 볼 때는 분명히 여력이 있는 것 같습니다."

"그건 그쪽 생각이고."

두 사람이 이렇게 신경전을 벌이는 데는 다 그만한 이유가 있었다. 세포이 반란을 진압한 영국군과 자국 선교사 살해에 항의하기 위해 파병된 군랑스군이 광동에서 합류하여, 대뜸 천진은 물론 대고 포대를 급습하여 청국 군을 일패도지케 한 큰 사건이 12월 초에 벌어졌던 것이다.

이에 즉각 청국은 양국 통상수호조약에 의거 군 파병을 대한제국에 정식으로 요청했으나, 총리 김병호는 지금 그럴 여력이 없다고 버티고 있는 참이었다. 물론 그 과정에서 아군의 형편에 대한 자세한 설명도 했다.

병호가 목창아에게 말한 내용을 설명하자면 태평천국의 난을 진압하기 위해 친진에 파견된 대한제국의 5만 해병과 1만 해군에 대해 언급하지 않을 수 없다.

천진에 순차적으로 상륙한 5만 해병은 그 월등한 성능의 무기로 순식간에 태평천국군을 천진에서 몰아냈다. 패주하는 그들을 따라 5만 해병이 서서히 그들을 압박하는 가운데, 이파가 양성한 1천 5백 명의 공작원과 150명의 미녀 공작원들이 왕성한 활동을 하기 시작했다.

1천 5백 공작원들의 집요한 살해 시도에 서왕 소조귀와 남왕 풍운산이 먼저 살해되고, 그 공백을 틈타 5만 해병이 집중적으로 두 부대를 공격하니 이들을 와해시키는 것은 순식간의 일이었다.

그런 와중에 미녀 첩보 부대는 동왕 양수청을 회유하는 데 성공해 그로 하여금 내부 반란을 유도케 했다. 이에 다급해진 태평천국의 최고 지도자 홍수전은 북왕 위창휘에게 진압을 명했다.

그러나 양수청 군은 쉽게 진압되지 않았고, 와중에 위협을 느낀 홍수전은 현 양번에서 무창으로 다시 도읍을 옮겼다. 그렇게 되자 내륙에 있어 보급에 주력했던 해군의 사정권 안에 들게 되었고, 천진에 주둔 중이던 해군이 금년 11월 말에 무창으로 이동을 시작했다.

이렇게 되자 더욱 다급해진 홍수전은 익왕 석달개마저 끌어들여 자신의 안위를 도모했다. 그러나 2만 5천의 해병과 50척 전함에 승선한 1만 해군의 압도적인 화력에 저들이 항서를 쓰고 이제 잔존 세력만 남게 되었다.

즉 양수청과 위창휘의 태평군만 남게 된 것이다. 그러자 양 군은 이제 반목이 아니라 공동으로 2만 5천 아국 해병에 적극 대항에 나서고 있는 중이었다. 이렇게 상황이 전개된 것이 마침 영국과 군랑스군이 천진 공격과 맞물려 진행되어, 아직 대한제국 최고위층만 아는 군사기밀이 되어 있는 상황이었다.

그래서 병호는 태평천국군을 토벌하기 위해 병력을 뺄 수 없는 데다가 수마트라 아체족 진압 등의 해외파병 사례를 들어, 조선군은 지금 파병 여력이 없다고 핑계를 대고 있는 것이다.

물론 병호가 이렇게 하는 데는 목적이 있었다. 영국 특사가 찾아와 제기한 요하 이동을 벌써 수중에 넣어 느긋한데다가, 청국에 더 뜯어낼 것을 생각해 뜸을 들이고 있는 것이다.

물론 영국, 프랑스와 척을 지는 것도 좋지 않아 망설이는 이유 중 하나였다. 이런 배경 속에서 목창아는 남의 경삿날에도 찾아와 목을 매고 있는 것이다.

애가 타 매달리는 목창아에게 병호가 말했다.

"자, 오늘은 시승식에 참여하고 내일이라도 만나 이야기합시다."

병호의 달래는 말에도 목창아는 애걸을 멈추지 않았다.

"각하야 남의 일이라고 그렇게 말할 수 있는지 모르겠지만, 양이들에게 당하고 있는 우리로서는 일일이 여삼추입니다. 이 제는 미국 놈들과 러시아 놈들까지 중재를 한답시고 끼어들어 제 잇속을 챙기려는 판입니다."

"허, 그놈들까지⋯⋯!"

탄식하며 무언가 생각하던 병호가 말했다.

"아무래도 안 되겠소. 이런 날 총리인 내가 빠지면 어찌 되겠소?"

"각하! 제발⋯⋯!"

수많은 사람들 앞에서 모든 체면을 버리고 갑자기 무릎까지 꿇으며 애걸하는 목창아를 보자 생각을 달리한 병호가 말했다.

"좋소! 목 대사만 황제와 내가 타는 칸에 특별히 탑승할 수 있게끔 해주겠소. 그러니 대화는 열차 안에서 나누는 것으로 하고, 우선 식에 참석합시다."

"감사합니다. 감사합니다, 각하!"

목 메인 음성으로 감사를 표하는 목창아를 손수 잡아 일으킨 병호는 그때부터 개최되는 식에 집중했다. 머지않아 황제의 축사를 끝으로 시승식을 위해 허락된 자만이 지정된 열차 칸의 좌석에 탑승하게 되었다.

곧 제일 첫 번째 객차로 황제와 황후 및 이제 태황태후가 된 조 씨(헌종의 모후), 황태후 홍 씨(헌종의 계비), 그리고 금년 10월 달에 황자를 순산해 황비까지 지위가 오른 양순 등의 황족이 탑승했다.

이어 병호가 고향에 계시던 모친을 특별히 초청해 모시고 열차에 오르고, 차례로 부인 순영, 지홍, 화궁과 통역을 위해 예령 등이 탑승을 했다. 그러자 병호의 허락을 득한 청나라 대사 목창아가 경호원의 제지를 뚫고 허겁지겁 탑승을 했다.

곧 각료와 유림 및 각 분야를 대표하는 백성들 또한 탑승을 완료했다. 이렇게 되고 보니 15량의 객차 중 절반 이상을 경호원들이 타는 괴상한 배분 속에 열차는 의주 너머 단동(丹東)을 향해 긴 기적 소리와 함께 발차를 했다.

뚜 뚜 뚜⋯⋯!

칙칙 폭폭 칙칙폭폭.

중기기관차는 곧 일정한 소리를 내며 한양역을 벗어나기 시작했다. 그러자 연도 변에는 전국에서 몰려든 수많은 백성들이 태극기를 흔들며 이들을 환송했다.

열차의 속도가 점점 빨라지기 시작했다. 이를 창밖을 통해 물끄러미 바라보던 황제가 병호에게 물었다.

"전의 것보다 열차의 힘이 더 좋아진 것 같소? 속도도 더 빠르고."

"그렇습니다. 황상! 작년 연말 반동 증기 터빈을 발명하는 바람에, 출력이 훨씬 증가하여 선박이고 공장이고 보다 대형화할 수 있는 길을 열었습니다."

"참으로 세상이 무섭게 변하는구료."

"그렇습니다. 앞으로 10년이 참으로 중요합니다. 그래서 소신이 요즘 제일 신경 쓰는 일이 과학기술 발전입니다. 그래서 수시로 각종 연구소에 들러 그들을 격려하고 있습니다. 그런 보람이 있어서인지 유일무이하게 대한제국에서만이 신작로를 달리는 자동차를 볼 수 있는 날이 머지않았습니다."

"자동차라니 그건 또 무슨 물건이오?"

"이 기차는 선로가 깔려야만 달릴 수 있지만 자동차는 마차보다 조금 넓게 뚫린 길이면 어디든 다닐 수 있는 네 바퀴 달린 괴물로, 이것이 세상에 출현하면 일대 변혁이 일어날 것입니다, 황상!"

"하하하! 정말 그 바람대로 되었으면 좋겠소."

"물론입니다. 아니면 대한제국의 발전도 멈추어섭니다. 대한제국은 지금 나날이 인건비가 오르고 있습니다. 자전거, 인력거, 리어카 등 각종 고무를 기저로 하는 신제품의 출현과 방적 여타 산업이 꾸준히 발달함에 따라, 이제는 사람 구하기가 점차 힘들어지는 세상이 되어가고 있습니다. 따라서 앞으로는 낮은 임금으로 공장을 꾸릴 수 있던 것도, 점차 수지 타산이 맞지 않아 임금이 싼 곳으로 공장을 옮겨야 할 겁니다. 이렇게 우리는 새로운 기술력을 바탕으로 신제품을 쏟아내고, 품이 많이 드는 산업은 후진국으로 점차 이양하면서, 전 세계를 상대로 장사를 해야 합니다, 황상!"

"짐이 뭘 알겠소. 단지 하루가 다르게 변하는 세상을 보는 것만으로도 짐은 매우 기분이 좋소. 이 모든 것이 총리의 공임을 짐이 잘 알고 있으니, 총리께서는 각별히 건강에 유념했으면 좋겠소."

"성은이 망극하옵니다, 황상!"

이때였다. 둘의 대화를 조용히 듣고 있던 태황태후 조 씨가 참견을 하고 나섰다.

"본 태후도 황상의 말에 동감이오."

"감사합니다, 마마!"

"그러고 보니 황실과 총리의 집안과는 우리가 너무 소원하게 지낸 것 같소. 자주 자당과 부인도 궁에 들렀으면 하오."

"알겠습니다, 마마!"

금년 50세로 효명세자가 젊어 요절하는 바람에 일찍이 청상의 길을 걷고 있는 그녀를 바라보는 병호의 심정은 무언가 아릿한 것이 있었다. 그리고 또 한 사람이 더 있으니, 지금도 무심히 창밖만을 바라보고 있는 황태후 홍 씨가 그녀였다.

14세에 헌종과 결혼하여 채 5년도 같이 살지 못하고 열아홉 꽃다운 나이에 청상이 된 비련의 여인. 그런 그녀도 어언 서른일곱으로 이 당시의 평균 수명으로 보면 중년을 넘었다 할 것이다.

아무튼 병호가 이런저런 상념에 빠져 창밖만을 바라보고 있는데 예령이 조심스럽게 다가와 물었다.

"황녀께서 이런 열차가 남쪽으로도 달릴 수 있는지 여쭙는데요?"

"물론 열차를 타고 초량 왜관까지도 갈 수가 있지."

고개를 끄덕인 예령이 그대로 전하자 황녀 화궁의 눈에 아련한 그리움이 맺혔다. 병호 뒤의 뒤에 예령과 나란히 앉아가는 황녀의 그런 표정은 모른 채, 나란히 앉은 옆의 모친을 보고 병호가 물었다.

"어떻습니까? 어머니! 소자의 청을 따르길 잘하셨다는 생각이 드시지요?"

"그래, 말로만 기차니 열차 소리를 듣다가 직접 타고 보니, 참으로 세상이 무섭게 변하고 있는 것을 실감할 수 있겠구나!"

"그러니 오래오래 사시기만 하면 됩니다. 그러면 더 놀라운 세상을 보시게 될 겁니다."

"암, 그래야지."

모자가 이렇게 대화를 나누는 동안에도 맨 뒷 열의 목창아
는 똥 마려운 강아지마냥 잠시도 안정치 못하고 자리에서 일
어났다 앉았다를 반복하고 있었다. 그런 그를 보게 된 병호가
그제야 슬그머니 자리에서 일어나 그의 옆자리로 향했다.

이에 얼른 일어나 창가 좌석을 양보한 목창아가 자리에 앉
으며 물었다.

"어찌하시겠습니까? 각하!"

"그렇게 하려면 하나의 조건이 있소."

"뭐든지 말씀만 하십시오."

"이제 장강위의 염비들에 대한 토벌이 마무리 단계에 접어
들었소. 하니 장강 이남의 염군은 청국 자체의 힘으로 토벌을
했으면 좋겠소."

"그렇게 되면 애초 우리가 요하 이동을 양보하면서까
지……."

이 대목에서 손을 저어 그의 말을 막은 병호가 말했다.

"우리가 이 싸움을 하면서 보니 증국번(曾國藩이 거느린 상군
湘軍: 일명 상용湘勇은 청나라 정규군이 아니라 민간 의용군)과 이
홍장(李鴻章)의 회군(淮軍)이 제법입디다. 여기에 관군, 그리고
지방의 무장 집단으로 지방의 치안을 유지하고 관군을 보조
하는 단련병(團練兵)까지 투입하면 장강 이남의 염군을 토벌하
는 데는 그렇게 어려움이 없을 것 같소. 따라서……."

"각하! 그건 말도 안 되는 소립니다. 그럴 것 같았으면 애초 청국 자체 힘만으로도 토벌하려고 했지……."

"하면 이제 미국과 러시아 놈들까지 숟가락을 얹어놓았다면서, 우리가 세계 최강국인 그들 네 나라와 척을 지고, 게다가 염군까지 토벌해 달라는 것은 너무 염치가 없는 요구 아니오? 아니, 척을 지는 정도가 아니라 그들과 전쟁을 벌여야 하겠지요."

"끙……! 그래도 대한제국의 힘이라면 능히 당해내고도 남을 것입니다, 각하!"

"말이 되는 소릴 하오. 우리가 어찌 세계 최강국 네 나라를 상대로 전쟁을 벌일 수 있단 말이오. 백번 양보하여 설령 아국에 그런 힘이 있다 한들, 그깟 조그마한 땅덩어리 하나 차지한 대가로 그런 엄청난 짓을 한다는 것은, 아마 바보가 아닌 이상은 아무도 하지 않으려 들 것이오."

"허허, 이것 참……!"

탄식하며 난처한 표정으로 한동안 생각에 잠겼던 목창아가 말했다.

"좋습니다. 우선 네 나라부터 물리쳐 주시지요. 하면 우리가 장강 이남의 염군에 대해서는 알아서 조처를 취할 테니까요."

"좋소. 우리가 무슨 수를 쓰든 네 나라를 물리쳐 주겠소.

그 대신 이 일이 끝나는 대로 아국은 청국에서 철수할 테니, 그런 줄 아시오."

"네, 각하!"

"당신의 독단으로 그렇게 해도 되는 것이오?"

"아니면 황제인들 무슨 뾰족한 수가 있어 이 위난을 벗어나겠습니까?"

"하긴 내가 청의 황제라도 일단은 급한 불부터 끄고 볼 것이오. 말이야 바른 말이지만 그놈들이 요구하는 전쟁배상금만으로도 전비 조달이 충분하고도 남을 것이오."

"그럴 개연성이 큽니다. 그나저나 단동 종착역부터는 역참이 개설되어 있어 역마를 이용할 수 있는 것인지요?"

"바로 본국에 다녀오시게요?"

"그래야 시간이 맞을 것 같습니다. 조약이 조인 뒤에는 사후약방문 아니겠습니까?"

"좋소. 역참의 모든 편의를 제공하라 내 일러놓겠소."

"감사합니다, 각하! 하고 천진에 있는 놈들의 배부터 하루빨리……."

"그 문제는 걱정 마오. 내 잠시 열차를 정차시키고 역을 통해 전보를 쳐 최대한 빨리 손을 쓰도록 할 테니……."

"하하하……! 전부터 각하의 그런 점이 마음에 들어 오래전부터 심복하고 있었습니다, 각하! 하하하……!"

비로소 크게 웃으며 표정이 밝아지는 목창아를 보고 병호는 함께 탑승한 오경석을 불러 열차를 다음 역에 잠시 멈추도록 지시했다.

열차가 개성역에 멈추어 서자 병호는 일단의 호위들과 함께 기차에서 내려 역사 안으로 들어갔다. 역마다 전신선이 연결된 것은 물론이고 통신사가 배치되어 있었으므로 병호는 지급으로 지시를 내렸다.

본토에 남은 150척의 전선과 2만 해군 중 가급적 최신 함을 동원해 1만의 해군을 천진으로 파병토록 하고, 무창의 해군 및 해병대원 역시 천진으로 향하도록 국방부 부대신에게 지시를 했다.

국방부 부대신으로는 이용희(李容熙)라는 인물이 근간에 기용된 바 있었다. 그는 금년 57세로 재교육을 필했으며, 원역사에서는 병인양요가 일어나자 선봉이 되어 로즈(Roze, P. G.) 제독이 이끄는 프랑스 함대를 물리친 유능한 인물이었다.

아무튼 이 일을 모두 끝낸 병호가 다시 탑승하자 열차 또한 다시 달리기 시작했다. 다시 자리로 돌아온 병호는 곧 다음 칸으로 가 외무대신 이상적을 만났다. 한동안 그와 대책을 숙의한 후 그를 천진으로 급파했다.

즉 단동에서 내려 목창아와 함께 북경으로 가도록 한 것이다.

*　　　*　　　*

그로부터 십 일 후.

천진 앞바다에는 일촉즉발의 전운이 감돌고 있었다. 증기터 빈을 장착하고 배수량 3천 톤에 길이 150m, 승조원 포함 탑승 인원 1,500명, 대포 120문을 장착한 최신 전함 이순신호를 필두로, 150척의 대한제국의 막강 해군 전단이 영불 함대 200척과 맞서고 있는 탓이었다.

쪽수는 영불 함대가 200척으로 많지만 대부분이 아군 전단에 비하면 작은 범장선인데 비해, 아군은 크기도 그들보다 클 뿐 아니라 장착한 포의 성능은 비교불가였다.

이런 극한의 대치 속에 북경에서는 최후의 담판이 벌어지고 있었다. 영국 측에서는 전권대사 엘진(E. Elgin), 프랑스 측에서는 그로스(J.B.L Gross)가 대표로 참석했고, 미국과 러시아 측은 이상적이 아예 배제시킨 탓에, 청국과 같이 참석치 못한 삼국 회담이었다.

회담은 진즉부터 겉돌고 있었다. 양측이 녹음기를 틀어놓은 듯 같은 말만 되풀이 하고 있으니 회담이 전혀 진척될 리 없었다. 그래도 영국과 프랑스 대표 엘진과 그로스는 계속 듣고 있어야 했다. 내심 해군력이 대한제국보다 약한 것을 한탄

하면서.

"사건을 조작해 타국을 침략한 것도 모자라 구룡반도를 할양하고 배상금으로 800만 냥을 지불하라는 것은 문명국으로서는 도저히 행할 수 없는 억지소리고 침탈 행위요, 따라서 1항에서 4항을 인정하는 선에서 조약을 체결하던지 아니면 모든 함정을 철수시키시오."

참고로 영국이 청국에 요구한 조약 내용의 초안은 다음과 같았다.

1. 서양의 외교사절이 북경에 상주할 수 있게 할 것

2. 광주(廣州) 하문(廈門) 복주(福州) 영파(寧波) 상해(上海) 외 10개 항구를 추가 개항할 것

3. 외국인의 중국 내륙지역 여행 권리를 인정할 것

4. 크리스트교 선교의 자유를 인정할 것

5. 구룡반도를 영국에게 할양할 것

6. 배상금 800만 냥을 지불할 것

"양국의 조약 체결에 대한제국이 간섭할 일이 아니라고 봅니다."

프랑스 대표 그로스의 항변에 이상적이 냉랭히 콧방귀를 뀌며 말했다.

"흥! 몇 번을 말해야 알아듣겠소? 청국과 우리는 상호수호 조약이 체결되어 있어, 일방이 침략을 받으면 서로 군을 파견 하여 지원하게 되어 있단 말입니다."

이 말을 받아 영국대표 엘진이 항의했다.

"지난번 나와의 회담에서 요하 이동의 땅을 할양 조건으로 우리의 침략을 용인했잖소?"

"지금 무슨 소릴 하는 거요? 우린 절대 그걸 승낙한 적이 없소. 금번 대한제국에 요하이동이 편입된 것은, 순전히 우리 가 태평천국군을 물리쳐 주기로 하고 할양받은 땅이란 말이 외다."

이상적의 말에 엘진이 분을 참지 못해 소리 질렀다.

"정말 대한제국은 그렇게 뻔뻔스럽게 나올 것이며, 우리의 조약 체결에 끝까지 간섭할 것이오?"

"물론이오, 그렇지 않았으면 처음부터 개입하지 않았을 것 이오."

"정 이렇게 나오면 우리로서는 한양의 대사관을 철수하고 단교를 각오하지 않을 수 없소."

"그쪽에서 그렇게 나오면 우리도 똑같은 조치를 취할 것이 오."

"허, 참······!"

한 치도 물러서지 않는 이상적의 대응에 엘진이 자리를 박차고 일어나며 말했다.

"좋소! 더 이상 말로는 타협이 되지 않을 것 같으니 더 이상의 회담은 무용하오. 따라서 앞으로 벌어질 사태에 대해서는 전적으로 대한제국이 책임을 져야 할 것이오."

"지금 누가 할 소릴 누가 하는 거요?"

"갑시다!"

그로스에게 한마디 한 엘진이 찬바람이 나도록 쌩하니 돌아서서 회담장 밖으로 사라졌다.

이에 느긋한 웃음을 배어 문 이상적은 천천히 회담장을 빠져나와, 밖에서 초조하게 회담 결과를 기다리고 있는 공친왕 혁흔(奕訢)에게 다가갔다.

"어떻게 되었소?"

"무얼 어떻게 되오? 1항서부터 4항까지만 허용하고, 구룡반도의 할양이라든가 전쟁배상금은 절대 인정할 수 없다고 시종일관 강력하게 주장하니, 회담이 파탄날 수밖에."

"그렇게 되면 앞으로……."

"그럼, 두 조항을 인정하고라도 회담을 성사시키란 말이오?"

"그건 절대 아니죠."

"그럼, 됐잖소?"

"앞으로 저들이 어떻게 나올 것 같습니까?"

"최후의 패라야 저들과 우리 대한제국이 전쟁을 벌이는 것인데, 홍! 그렇게 되면 저들 함선은 순식간에 잿더미가 될 것이고, 덤으로 함선에 승선해 있던 군인들은 고기밥이 되는 것이지요."

"정말 대한제국 해군이 그렇게 강합니까?"

금년 25세이자, 황제의 동생으로 막강한 권한을 갖고 있는 철딱서니 없는 혁흔을 보고 있노라니, 어이없는 웃음밖에 나올 것이 없어 이상적은 끝내 실소하고 말았다.

그로부터 이틀 후였다.

서로 이틀의 냉각기를 갖은 후 저들의 요청으로 다시 회담이 열렸으나 끝내 결렬되고 말았다.

지난번과 같이 서로 양보를 않는데다 이번에는 영국 측의 엘진을 먼저 도발했기 때문이다.

"정 이렇게 나오면 영국과 프랑스는 물론 미국과 러시아까지 합세해, 앞으로 우리는 단일 대오를 형성해 국제 무대에서 대한제국에 대항할 것이오."

"홍! 상호방위조약이라도 체결하겠다는 기세군."

"못할 것도 없지요."

이에 화가 단단히 난 이상적이 거침없이 이들을 협박하기 시작했다.

"그렇게 되면 우리라고 대응 카드가 없는 줄 아시오? 앞으

로 대한제국의 주도로 전 아시아에서는 당신들에 대한 적극
적인 항쟁이 시작될 것이고, 그 끝은 당신들이 아시아 시장을
영원히 잃게 될 것이라는 점을 분명히 알아두시오."

"우리를 아시아에서 축출이라도 하겠다는 말이오?"

엘진의 물음에 이상적이 서슴없이 답했다.

"물론이오. 앞으로 우리 대한제국은 아시아의 모든 나라와
상호 통상수호협정을 체결해, 당신들을 쫓아내는 데 앞장서는
것은 물론, 아군 함대에 걸리는 족족 당신네 나라들의 배란
배는 모두 바다 속으로 수장을 시킬 테니 그런 줄 아시오."

"군함은 물론 상선까지 말이오?"

"물론이오."

그래도 엘진은 물러서지 않고 응전해 왔다.

"우리는 대한제국 해군이 유럽 열강 전체와 미국 및 러시아
연합을 대항할 수 있으리라 믿지 않소."

"왜 유럽 열강 전체요. 내 분명히 천명하지만 유럽에도 우리
의 우군이 있다는 것을 명심하시오."

"네덜란드와 프로이센을 말하는 것이오?"

엘진의 말처럼 근래 프로이센과도 급격히 가까워지고 있었
다. 이는 훗날의 독일인 프로이센이 지리적인 요인 때문에 늘
프랑스와 적대적이었기 때문이다.

"그 외 아시아와 교역을 원하는 다른 나라도 많소. 아마도

당신들 몇 나라를 제외하면 전부가 아닐까 하오."

"흥! 어디 두고 봅시다."

이렇게 또다시 결렬이 되어 두 사람이 회담장을 뛰쳐나가자 이상적으로서는 국가 간에는 영원한 적도 우방도 없다는 생각이 다시 한번 들었다. 영국과 프랑스만 해도 불과 몇 년 전인 크림전쟁 전까지는 개와 원숭이 사이였고, 또 이들 두 나라와 러시아가 크림반도에서 전쟁을 벌여 아직 포연이 가시지도 않은 참이었다.

그런데도 자국의 이익을 위해서라면 마치 처음부터 한 배를 탄 사람들처럼 힘없는 거인을 향해 승냥이 떼처럼 달려들고 있는 것이다.

이런 냉엄한 국제 현실 앞에서 이상적은 더욱 동맹외교를 강화할 필요성을 느꼈다. 아무튼 이렇게 회담이 결렬되려 하자 갑자기 러시아가 중재를 한답시고 회담 판에 끼어들었다. 러시아의 전권대사 푸탸틴(E.V. Putyatin)이 끼어든 것이다.

이에 피곤했지만 이상적은 응했다. 그 결과 푸탸틴의 거중중재로 삼국은 예상외의 수확을 거두었다. 영국과 프랑스가 러시아와 사전 밀약을 체결했는지 몰라도, 그렇게 거부하던 4개 조항만을 수용하기로 응해, 이후 일사천리로 청국과 영국과 프랑스 상호간에 조약이 체결된 것이다.

이상적이 생각하기에 아마도 기왕 영국과 프랑스가 양보할 것이라면 러시아에 반대 급부를 얻어내고 양보한 것이 아닌가 하는 생각을 했다. 예를 들면 국제 무대에서 대한제국에 공동 대응하거나 준 군사조약을 맺을 수도 있다고 생각한 것이다.

아무튼 이렇게 해서 전쟁 직전까지 갔던 청국과 프랑스의 침략군이 천진 앞바다를 떠났다. 그런데 이 과정에서 청국과 러시아가 체결한 조약이 훗날 문제가 될 줄은 이상적으로서는 까마득히 몰랐다.

기왕 북경까지 온 김에 양국의 국경선을 확정짓자고 시작된 청국과 러시아의 회담에서 결국 약한 청국이 러시아에게 일부 영토를 양보할 수밖에 없었고, 그 양보한 것 중에 하필 조선의 영토 일부가 포함된 것이 머지않아 밝혀진 것이다.

때는 해가 바뀐 1858년 춘삼월이었다.

가절(佳節)을 맞아 경복궁에서는 한창 성대한 예식이 진행되고 있었다. 유구왕국의 공주와 당금 황제 이원범과의 혼례가 한창 개최되고 있는 것이다.

애초 이상적과 유구왕국 사이에는 상호 통상수호조약이 체결될 때부터 혼담이 오갔다. 그랬던 것이 동맹 강화 일환으로 급진전되어 오늘의 혼례까지 이어진 것이다.

아무튼 병호도 당연히 이 혼사에 참여해 한창 식이 진행되고 있는 것을 지켜보고 있는데, 그를 급히 찾아온 사람이 있었다. 비서 김병주였다.

"큰일 났습니다. 각하!"

허둥대는 병주의 모습에 나잇값도 못한다는 생각이 들어 병호가 미간을 찌푸리며 말했다. 그는 금년 32세로 자신과 동갑이었기 때문이다.

"무슨 일인데 그러하오?"

"러시아가 대거 아국 영토를 침입했다는 급보입니다, 각하!"

"뭣이라고? 어디로 침략했단 말이오?"

"외흥한령(外興安嶺) 이남이라고 합니다, 각하!"

"외흥한령? 아, 그렇지 스타노보이산맥? 갑시다!"

외치듯이 말한 병호가 급히 식장을 빠져나가며 생각 속으로 잠겨들었다. 병호의 외침대로 외흥한령은 중국에서는 흑룡강이라 부르는, 러시아의 아무르강 너머에 있는 동서로 길게 뻗어 있는 장장 725㎞이르는 대산맥을 말한다. 러시아에서는 이를 스타노보이산맥이라 부른다.

이것이 왜 대한제국의 영토고 금번에 문제가 될까? 그러니까 대한제국이 태평천국군을 무찔러주는 대가로 획득한 요하 이동의 땅에 당연히 대한제국은 편입된 것으로 보고, 그곳까지 군대를 진격시켜 현재는 아국 영토의 일부로 삼고 있었다.

그런데 그 면적이 아무르강과 스타노보이산맥 사이에 걸쳐 자그마치 60여만 제곱키로 미터에 이르는 광대한 면적이었다. 즉 오호츠크 해와 레나 강, 아무르강에 접해 있는 광대한 땅이었던 것이다.

여기서 한 가지 실수는 그 부분을 그 당시 양국 간에 정확하게 명기하지 않았다는 데 있었다. 그런데 갑자기 러시아가 이 땅으로 침략했다는 것은 뭔가 이상했다. 착오가 아니면 분명한 침략 행위였다.

그렇지만 러시아가 함부로 대한제국을 침략할 때는 아니라 판단한 병호는 고개를 갸우뚱하지 않을 수 없었다. 아무튼 곧 자신의 집무실로 돌아온 병호는 신임 러시아 대사 푸탸틴을 자신의 집무실로 초치했다.

주지하다시피 이자는 청국과 영불 동맹 간의 전쟁 시 러시아 전권대사로 협상에 참여한 인물이었다. 아무튼 병호가 한참을 기다리고 있으니 푸탸틴이 급한 걸음으로 들어왔다.

"부르셨습니까, 각하?"

"그렇소!"

심히 기분 나쁘다는 듯 쏘아보며 답한 병호가 그 기세대로 그를 힐난했다.

"이제 갈 때까지 가보자는 것이죠? 선전포고도 없이 아국의 영토를 침략하고 말이야."

"금시초문입니다. 선전포고는 뭐고, 침략은 또 뭡니까?"

"아니, 일국의 대사씩이나 되어 자국 군이 남의 나라 영토를 침략하는데, 그 사실도 모르고 있었던 말이오?"

"아! 스타노보이산맥 이남의 땅을 말씀하시는 겁니까?"

"그렇소!"

"그건 침략행위가 아니고 아국이 금번에 획득한 청국의 영토로 진주하는 것이죠. 금년 초에 그 조약이 북경에서 조인되었지만, 그곳이 워낙 동토라서 날이 풀리길 기다렸다 이제야 진주하는 것인데, 뭐가 문제가 됩니까?"

"허허, 이런 일이! 그 땅은 분명히 아국의 영토란 말입니다."

"그렇다면 청국의 잘못 아닙니까? 대한제국의 영토를 자국의 영토라고 지난번 우리에게 넘겨줬으니 말입니다."

"그곳이 분명 요하 이동의 땅으로 아국의 영토니, 러시아군은 당장 철수하시오."

"우리의 영토로 우리가 진주하는데 왜 막습니까?"

"뭐라고?"

푸탸틴의 말에 병호가 눈을 부릅뜨자 한풀 꺾인 그가 말했다.

"중국 대사를 초치해 물어보면 확실히 알 수 있는 일 아닙니까?"

"좋소! 일단 청나라 대사를 초치해 물어보도록 합시다."

곧 병호는 오경석을 불러 목창아를 부르도록 지시했다. 그러고 2각이 지나 이제는 완연히 늙은 티가 나는 목창아가 숨을 헐떡이며 병호의 집무실로 들어섰다.

그를 본 병호가 냅다 고함을 질렀다.

"당신들은 땅을 가지고 장사를 하는 거요, 뭐요?"

병호의 고함에도 불구하고 목창아는 연륜답게 한 점 표정 변화 없이, 아니, 유들유들하게 물었다.

"너무 노여워 마시고 곡절을 알아야 답변을 할 것 아닙니까?"

"허, 거참! 입 아프니 당신이 설명하시오."

병호가 어처구니없다는 표정으로 러시아 대사 푸탸틴에게 설명하라고 넘겨 버렸다. 그러며 한마디 툭 뱉었다.

"내가 볼 때 이는 청국의 농간이 분명하오. 양국 간에 싸움을 붙이려는."

그래도 영문을 모르는 목창아는 의혹의 눈으로 푸탸틴의 입만 주시하고 있었다.

"스타노보이산맥 이하 아무르강 사이의 땅 말이오?"

"그것이 어쨌다고요?"

"왜 대한제국의 땅을 우리에게 또 넘겼소?"

"그것이 어찌 대한제국의 땅이오? 그곳은 엄연히 청국의 영토로 당신들의 협박에 겁먹은 아국 황제가……."

"말 똑바로 하시오."

푸탸틴의 고함에 움츠러든 목창아가 급히 말을 정정하며 말을 이었다.

　　"험험, 당신들의 중재에 고마움을 느낀 아국 황제가 당신들에게 넘긴 땅 아니오?"

　　"이보시오! 목 대사!"

　　"말씀하시죠, 각하!"

　　"그곳이 요하 이동에 붙어 있소? 아니면 저 티베트 쪽에 붙어 있소?"

　　"그야 당연히 요하 이동에 위치해 있습죠."

　　"그럼, 분명히 양국 조약문에 요하 이동의 땅은 대한제국에 할양한다. 단, 심양의 황성과 황릉은 치외법권 지역으로 대한제국인도 범금 지역이라 명시되어 있질 않소?"

　　"그야 그렇습죠."

　　"그런데 어찌 그 땅을 또 러시아에 넘겨줄 수 있소!"

　　병호의 다그침에 목창아가 장황하게 변명을 늘어놓기 시작했다.

　　"그곳이 요하 이동에 속하긴 하나 러시아와 우리 간에 맺은 네르친스크 조약에 의하면 분명 우리 땅이고, 대한제국 또한 얼마 전까지만 해도 그곳에 군사를 주둔시키지 않았고, 분명 흑룡강 이북까지라고 명시적으로 명기하지도 않았으니……."

　　"허허, 이렇게 답답할 데가 있나?"

이때였다. 갑자기 노크 소리가 들리더니 불쑥 한 인물이 얼굴을 디밀었다. 그와 동시에 뒤에서 고함도 들려왔다.

"안 된다고 하지 않았소?"

"아, 실례! 너무 다급하다 보니. 각하! 제발 우리나라를 구해주십시오."

"당신은 월남 대사 아니오?"

"그, 그렇습니다. 프랑스와 영국 놈들이 아국의 다낭으로 침략해 노략질을 일삼고 있다고 합니다. 머지않아 수도인 후에까지 침략할 것이라고."

"뭣이?"

그때 병호의 머리를 섬광처럼 스치는 생각이 있었다. 그 생각이 떠오르자마자 병호가 러시아 대사 푸탸틴을 향해 물었다.

"혹시 당신들, 이 모든 것이 사전에 계획된 것 아니오? 밀약을 맺고."

"무슨 소릴 하는 게요? 지금!"

"청국도 한통속으로. 육지에서는 러시아가 도발을 하고, 나라 밖에서는 호시탐탐 노리던 프랑스와 동맹을 맺은 영국이 함께 월남을 도발해 우리 군을 바쁘게 하고, 여기에 미국마저 나선다면 제대로 된 각본이 되겠는데? 흐흐흐……!"

병호의 섬뜩한 표정과 웃음에 놀란 두 사람이 자신들도 모르게 뒷걸음질을 쳤다. 그러면서도 한사코 손을 저으며 부정했다.

"절대 그런 일 없소. 우린 단지 아국 영토로 진주하려고 할 뿐이오."

푸탸틴의 변명에 목창아도 동조했다.

"우리에게 못 이룬 것을 월남에게서 얻으려 하는 것이 아닌지요? 각하!"

이때였다. 월남 대사의 입실을 막으려 쫓아 들어왔던 오경석이 다시 나타나 고했다.

"일본 대사께서 뵙길 청합니다. 각하!"

"하하하……! 미국 놈들이 일본 에도로 찾아가 무력시위라도 벌인다는 하소연 아닐까? 들라 해라!"

"네, 각하!"

곧 주한 대사 요시다 쇼인(吉田松陰)이 들어와 고개를 조아렸다.

"미군의 흑선이 또다시 에도에 출현해 통상조약체결을 강요하고 있으니, 선처해 주시면 감사하겠습니다. 각하!"

"내 짐작이 틀림없군! 꼴도 보기 싫으니 당장 물러가시오!"

병호의 갑작스러운 고함에 자라목이 된 목창아와 푸탸틴이 서로를 힐끔거리며 병호의 집무실을 빠져나갔다.

청국까지 저들 4개국을 편들어 대한제국을 시험하려 든다는 생각을 하니 분노가 머리끝까지 치솟았다. 이래서는 안 되겠다는 생각에 급히 몇 번 심호흡을 한 병호가 쇼인에게 말했다.

"당신도 물러가시오."

"아국을 구원해 달라는 청은……?"

"알았으니 일단 물러가시오."

"좋은 소식 기대하겠습니다, 각하!"

"알았소."

귀찮다는 듯 손을 내저어 쇼인까지 내쫓은 병호가 돌연 밖을 향해 고함을 질렀다.

"비상 각료 회의를 소집하도록! 아니, 그렇게 되면 너무 시간이 걸려. 정보부장, 외무대신, 국방부대신과 육군사령관을 즉시 호출하도록!"

"네, 각하!"

오경석이 명을 받고 나가자마자 사무실 밖이 한동안 소란스러워졌다. 비서진 또한 상황을 파악하고 급박하게 움직이는 모양이었다. 그런 움직임을 주시하며 혼자 남은 병호가 중얼거렸다.

"하필 오늘같이 경사스러운 날에… 설마 오늘로 날짜를 맞추어 함께 도발한 것은 아니겠지?"

한번 의심이 들자 모든 일에 대해 병호는 내심 의문이 들었다.

곧 자리에서 벌떡 일어난 병호는 창가로 향했다. 그리고 한동안 창밖을 응시하며 생각에 잠겼다. 그러던 그가 종내는 뒷짐을 쥐고 실내를 서성거리기 시작했다. 그렇게 얼마의 시간이 지났을까?

채 이각이 지나지 않아 차례로 호출한 네 사람이 들어와 소파 위의 한 자리씩을 차지했다. 그때까지 생각에 잠겼던 병호가 자신의 책상으로 가 앉으며 정보부장 이파에게 물었다.

"외흥한령으로는 러시아 놈들이 남하를 하고, 월남에는 프랑스와 영국 연합군이 다낭을 침략하고, 일본에는 미국 놈들이 흑선을 몰고 와 개항을 요구하고 있다는데, 이에 대해 들어온 정보가 없소?"

병호의 말을 들은 세 사람의 안색이 일시에 변했다. 상황이 무척 심각했기 때문이었다. 정보부장 이파만이 그래도 무언가 들어온 정보가 있는지 비교적 차분한 신색이었다.

"월남의 다낭을 침략한 영국과 프랑스군은 청국을 침략했던 바로 그놈들입니다. 시전 밀약이었던지 아니면 프랑스의 꼬드김이었던지, 귀환도중 호시탐탐 노리던 월남을 식민지화하기 위해 불법 침략을 감행한 것이죠. 그리고 외흥한령을 대거 넘은 러시아군은 동(東)시베리아 총독 니콜라이 무라비요

프아무르스키가 지휘하는 러시아 육군 5만으로 파악되었습니다. 그리고 7척의 흑선을 동원해 일본을 협박하고 있는 미 해군은 그 지휘관이 누구인지, 얼마의 병사를 동원한 것인지는 아직 들어온 정보가 없습니다."

"흐흠……!"

침음하며 생각에 잠겼던 병호가 당장 급한 것은 아국 영토로 침입한 러시아군을 물리치는 일이므로 그부터 물었다.

"부대신!"

"네, 각하!"

병호의 부름에 이용희(李容熙)가 급히 답했다.

"아무르(흑룡강) 너머에는 2만의 아군이 주둔하고 있지요?"

"그렇습니다, 각하!"

"2만 대 5만이라? 상대가 될까?"

"아군의 훈련 정도와 무기 성능이라면 승리는 몰라도 최소한 패하지는 않으리라 봅니다."

"그래도 혹시 모르는 일이니 즉시 전 예비군에 대해 전투 동원령을 내리고, 그곳에서 제일 가까운 예비군 3만을 즉각 동원하도록 하시오."

"그보다……"

"말씀하시오."

중간에 끼어든 육군사령관 최성환에게 병호가 발언권을 주자 그가 급히 말했다.

"해삼위에 주둔하고 있는 1만 육군을 먼저 투입하는 것이 어떻겠습니까?"

"아, 그게 좋겠소. 촌각을 다투니 즉시 명을 내리고 오시오. 열차편도 수배하고."

"네, 각하!"

명을 받은 최성환이 부동자세로 거수경례를 하고는 급히 실내를 빠져나갔다.

그러자 병호가 이용희에게 확인을 했다.

"내 말 똑바로 들었지요?"

"네, 각하!"

대답과 동시에 엉덩이를 드는 이용희를 보고 손을 저어 만류한 병호가 말했다.

"아무리 급해도 끝까지 명을 듣고 가시오."

"알겠습니다, 각하!"

"참, 기존 대한제국에서 파견된 해군은 귀환한 것을 알고 있소이다만, 청나라에 파병된 해군과 해병은 언제 철수를 완료하는 것이오?"

"태평천국군을 마지막으로 무찌른 해병 1만 명과 50척의 전함에 의해 귀환하는 날짜가 이달 15일입니다. 각하!"

이용희의 답변에 만족한 표정을 지은 병호가 손가락을 꼽

아가며 계산을 하기 시작했다.

"오늘이 3월 3일이고, 15일이면 12일 차. 하면 대부분의 해병이 승선하기 위해 무창으로 집결하고 있겠는데?"

"그렇습니다, 각하!"

"좋소! 그들 전부와 지난번 청국에 파병되었던 해군 1만과 전함 50척을 월남으로 급파하도록 하시오. 물론 바로 명을 내려 장강 어귀해서 합류해 함께 가는 것으로 해야겠지요."

"알겠습니다, 각하!"

"일본은요?"

이파의 물음에 병호가 즉각 답했다.

"아직도 본토에는 100척의 전함과 1만의 해군이 남아 있질 않소?"

"그렇습니다, 각하!"

"그들 중 전함 25척과 3천 해군을 일본으로 급파하시오."

"그렇게 되면 아국의 바다가 취약해지는데……"

이상적의 우려에 병호가 답했다.

"그래도 75척의 전함과 7천 해군이 남질 않았소. 이 정도 전력이면 일국을 상대하고도 남소. 최악의 경우에는 해안포만으로도 웬만한 적은 다 박살 낼 수 있으니 너무 걱정 마오."

여전히 신중한 표정의 이상적이 단지 고개만 끄덕이는데 갑자기 병호가 최성환을 다시 거명했다.

"육군사령관!"

"네, 각하!"

"전군에 비상령을 하달하도록 하시오. 혹여 일이 잘못되면 즉시 현지로 투입되어야 하니까."

"명을 받자옵니다, 각하!"

"자, 회의는 여기까지 일단 내 명대로 집행을 하고 다시 모이시오."

"네, 각하!"

그들이 곧 실내를 빠져나가자 급 후회가 밀려들었다. 이렇게 될 줄 알았으면 천진 앞바다에서 협상이고 뭐고 다 수장시켜 버리는 것인데 하는 뒤늦은 후회였다.

언제나 그렇듯 후회는 이미 한발 늦은 것. 병호는 한동안 미동도 않고 자리를 지켰다.

*　　　　*　　　　*

러시아 지명으로 스타노보이산맥과 아무르강 사이의 넓은 지역, 청국 지명으로는 외흥안령과 흑룡강 사이의 광대한 지역이 금번 대한제국과 러시아 사이에 다툼이 되는 지역이었다.

그 넓이가 자그마치 60만㎢. 한반도 면적의 약 3배에 이르는 광대한 면적이었다. 작은 한반도, 그것도 남한에 갇혀 살았던 병호로서는 절대 놓칠 수 없는 광활한 대지였다.

아무튼 이런 광대한 지역에서 적을 찾는 것부터가 사막에서 바늘을 찾는 것만큼이나 어려운 일. 게다가 계절은 음력 3월로 그 지역은 아직 곳곳에 얼음과 눈이 두껍게 쌓여 작전하기도 곤란했다.

그런데 놈들은 일찍 기동하여 그곳에 주둔 중인 2개 군단 2만2천 명 중 1개 여단 1,100명 아군을 전멸시키다시피 했다. 5만 명이 한꺼번에 달려든 결과였다.

이 모든 상황을 감안해 병호는 새로운 작전 지시를 하달했다. 적을 찾아다니는 것이 아니라 덫을 놓고 놈들을 기다리자는 것이다. 그것도 놈들처럼 병력을 집중시켜 놓고.

새로운 작전 지시를 받아든 육군사령관 최성환은 우선 하바롭스크 역으로 전보를 쳤다. 기존 아무르강 너머로 전개되어 있는 2군단 전원을 하바롭스크 부근으로 후퇴시키고, 새로 합류하는 해삼위 군단과 예비군 3만 3천 명은 하바롭스크에 머물도록 하는 내용이었다.

전보를 치자마자 최성환은 열차를 타고 아직은 대한제국의 최북단 도시인 하바롭스크를 향해 출발했다. 때를 맞추어 병호의 지시에 의해 국내에 남게 된 해군 전력의 상당 부분이 움직이기 시작했다.

50척의 전함과 5천 해군이 하바롭스크를 향해 출발한 것이
다. 그렇게 되면 인천에 집결할 25척의 전함과 2천 해군만 남
게 된다. 이에 우려를 표하는 이상적 외 비서진의 의견을 물리
치고 병호는 과감한 작전을 선택한 것이다.

이런 속에서 최성환이 하바롭스크 역에 도착한 것은 3월
6일. 집결한 군부대를 찾아가는 최성환의 눈에 들어오는 것
이 있었다. 아무르강을 가로지를 철교를 부설하기 위해 곳
곳에 쌓여 있는 자재들이었다.

그리고 아직은 가지만 앙상한 자작나무와 백양나무들이었
다. 이런 나무들이 싹을 틔우고 잎이 무성해질 때까지는 오랜
인고의 세월이 필요하다. 그만큼 아군이 전개하는 작전은 많
은 날을 기다려야 한다.

병호의 작전은 아국의 무기 체계가 적보다 우수하지만 가급
적 압도적 물량으로 아군의 피해를 최소화하는 데 있었다. 그
작전이 또 한 번 주효했다. 일본으로 출전한 25척의 전선과 3천
해군은 불문곡직 그 압도적 물량과 화력으로 미 전함 7척을 에
도 앞바다에 수장시켜 버렸다.

그리고 그들은 출전 전 명을 받은 대로 월남으로 향했다.
그 시각 200척 전함에 2만 5천 명의 영불 연합군은 프랑스가
일시 점령했던 다낭을 재탈환하고, 바로 선수를 돌려 월남의

수도 후에로 향했다.

대비 차원에서 군 보급기지 및 군 기지를 확보한 이들은, 이제 후에의 왕성을 점령함으로써 더 많은 것을 얻어내려 하는 것이다. 머지않아 후에 항에 도착한 이들은 그곳에 정박 중이던 월남 전선을 맹폭해 모두 수장시키고 곧 바로 상륙전을 전개하기 시작했다.

그러나 상륙만은 절대 용이치 않았다. 함선으로 육지마저 맹폭할 때는 적의 그림자도 없는 것 같더니, 다낭에 남긴 5천을 제외한 2만 명이 순차 상륙할 때는 전혀 다른 상황이었다.

대한제국이 제공한 드라이제 소총으로 무장한 3만 왕성 수비군이 완강하게 저항을 하기 시작한 것이다. 이에 전진은커녕 함선으로 후퇴하기 바쁜 영불 동맹군이었다.

이런 대치가 장장 5일 동안 지속되던 3월 15일이었다. 먼 바다에 작은 점들이 나타나는가 싶더니, 점차 그 점들이 확대되기 시작하는데 결코 작은 숫자가 아니었다.

프랑스군을 이끌고 있는 금년 47세의 피에르 구스타브 로즈(Pierre—Gustave Roze) 제독의 눈에 점점 힘이 들어갔다. 망원경을 통해 보이는 국기는 몇 번을 확인해도 대한제국의 태극기가 분명했다.

멕시코에 주둔하다가 금번의 중차대한 임무를 수행하기 위해 차출된 해군 소장 로즈 제독의 입에서 자신도 모르게 쌍

소리가 튀어나왔다.

"저 개자식들이 이젠 이곳까지 참견할 모양이군."

그러나 아무도 답하는 이가 없었고, 변할 사실도 없었다.

"전원 철수! 선상 전투 준비!"

"네, 제독님!"

곧 부관이 명을 전하기 위해 분주하게 움직이기 시작했다.

머지않아 상륙을 기도하던 프랑스와 영국 연합군 전원이 전함에 올라 적을 초초하게 기다리기 시작했다. 곧 적의 국기가 뚜렷이 보였고, 그 위용 또한 모든 장병들의 눈에 똑똑히 들어왔다.

압도적 위용을 자랑하는 기함 이순신호를 필두로 125척의 크고 작은 전함들이 온 바다를 뒤덮듯 출렁이는 모습은 코 크고 눈 시퍼런 놈들의 가슴을 서늘하게 했다.

이에 로즈 제독으로서는 자책하지 않을 수 없었다. 그물망을 치듯 넓게 전개한 적함 배치에, 전투가 불리해져도 빠져나갈 구멍이 없는 것이다. 그런 적들이 시시각각 가까워지고 있었다. 마침내 병사들의 움직임이 서로 선명하게 보이기 시작했다.

이에 영불 연합군도 함포 발사 준비를 마치고 적이 가까이 오기만을 기다렸다. 그런데 상상치 못한 일이 벌어졌다. 적의 함포 공격에 거대한 물기둥이 곳곳에 솟구치기 시작한 것이다.

사거리 밖이라 마음 놓고 있던 영불 해군으로서는 가슴이 철렁하는 순간이었다. 곧 상황은 가슴이 내려앉는 것만으로 끝나지 않았다. 아군 함정 주변에 쏟아지던 적의 포탄이 이제는 본격적으로 아군 전함으로 쏟아져 내리기 시작한 것이다.

쾅 쾅 쾅……!

콰쾅 쾅 쾅 쾅……!

곳곳에 불길이 치솟고 병사들의 비명이 처처에 난무하기 시작했다. 그 비명이 얼마나 처절하고 슬픈지 듣는 이의 애간장을 다 녹이고 있었다.

그러나 이것은 시작에 불과했다. 시간이 갈수록 적이 쏟아내는 포탄이 보다 정확하게 아군 함정을 포격하기 시작한 것이다. 이에 먼저 맞은 놈들은 불길에 휩싸여 그 모습을 점점 바다 속으로 감추는데, 새로 불길에 휩싸이는 아군 함선이 점점 많아지고 있었다.

이래서는 안 되겠다는 생각에 로즈 제독은 더 생각할 것 없이 함포 발사 명령을 내렸다. 그러나 그 명은 안 내리는 것이 차라리 나았다. 적에 비해 사거리가 짧아 모두 적선 앞에 물보라만 솟구치게 하고, 바닷속으로 잠겨들어 아군의 사기만 꺾어 놓았기 때문이었다.

거기다 작렬탄도 아니고 박 크기의 쇠구슬인 바에야 그 위력에 현저한 차이가 있었다. 이 모든 상황을 전 함대를 지휘하며 즐기는 인물이 있으니 해군 중장 이원희(李元熙)였다.

그 역시 조선 무관 출신으로, 재교육 후 해군 장교로 임명되어 승승장구한 인물이었다. 원역사에서 어영(御營)대장 및 훈련대장을 거쳐 병조판서에 이른 보기 드문 인물이었다.

아무튼 그의 명에 학익진을 구성한 총 125척의 함선이 계속 돌아가며 불을 뿜었다. 이에 시간이 지날수록 먼 바다까지 뜨거워지는 느낌이 들었다. 그렇다고 전선을 더 물릴 수는 없었다.

더 물러나면 유효사거리에 미치지 못하고, 더 가까이 다가가면 쇠구슬이라도 맞으면 아군 함정이 상하기 때문이었다. 그런 교전이 2각 넘게 지속되었다.

우르르 쾅 쾅 쾅……!

쾅 쾅 쾅……!

압도적 전력의 우세 속에 어느새 200여 척에 이르던 적선이 이제는 반 토막 나 있었다. 그나마도 성한 것이 별로 없어 보였다.

이 지경이 되고 보니 로즈 제독으로서도 더 이상 가만히 있을 수만은 없었다. 자신의 뜻은 아니었지만 멕시코에서 차출된 것부터 잘못된 것이라는 후회막급 속에, 그는 아군 병력부터 백기를 걸도록 명하지 않을 수 없었다.

"아군은 전원 항복한다. 각 함정은 빨리 백기를 게양하라!"

곳곳에서 솟구치는 불길 때문에 갑판 위에 서 있기는커녕 피신하기 급급한 아군 병사들로서는, 몸이 익을 정도로 뜨거운 열기로 인해 백기를 게양하는 일조차 버거운 일이었다.

그런 속에서도 삶을 도모하고자 하는 의지는 그 무엇보다 강렬해, 살아남은 프랑스 전함에 하나둘 백기가 게양되기 시작했다. 이를 따라 영국 전함도 곳곳에 백기가 내걸리기 시작했다.

이를 본 이원희는 곧 포격을 중지시켰다. 그리고 3열 종대를 이루게 해 천천히 적선을 향해 접근하기 시작했다. 위장 항복이라면 그 피해를 최소하기 위한 조치에도 불구하고 적선에서는 여전히 반격이 없었고, 오히려 빨리 다가와 구원해 달라는 외침만 곳곳에서 난무했다.

이렇게 근 한 시간에 걸쳐 적의 항복을 받고 보니 기가 차지도 않았다. 자신이 알기로 200여 척에 2만 5천 병력이 있었던 것으로 알고 있었는데, 온전한 적함은 겨우 32척, 포로가 된 적은 겨우 5천 3백 명뿐이었다.

이원희가 이렇게 생각하는데 무리가 없는 것이, 적이 다낭에 남긴 5천 병사는 모르고 있었기 때문이다. 아무튼 그나마도 화상을 입은 자들이나 부상을 입은 자들이 절반 가까이 되어 끝까지 살아남을 수 있는 자가 얼마나 될지 걱정이 될 정도였다.

이러니 최선을 다해 치료해 주라는 자신의 명이 무색해지지 않을까 걱정하며, 이원희는 온전한 자들만 한곳에 모아 수용하도록 했다. 제반 조치가 끝나자 이원희는 비로소 한가한 마음이 들어 월남 황제의 초청을 수락했다.

이원희가 해군 장성 및 부관을 데리고 자금성을 모방한 황궁에 도착하니, 오문 앞 광장에는 벌써 월남의 많은 신하들이 대열을 지어 이들을 환영하고 있었다.

곧 수석 중신의 안내에 의해 티엔타이호 정전으로 안내된 이원희 일행은 대한제국 군대의 예법에 맞게 거수경례로 황제에게 인사를 했다.

이에 금년 30세의 젊은 황제 민망(明命)이 활짝 웃는 낯으로 이들을 맞았다.

"어서 오시오!"

"늦지 않아 다행입니다, 황상!"

"늦다니요? 정말 시기적절하게 잘 지원해 준 덕분에 아국이 무사할 수 있었습니다. 정말 고맙고 감사한 일이오. 자, 여기서 이럴 게 아니라 비록 차린 것은 없지만 뜨검탄으로 가, 약소하나마 연회를 즐겨봅시다."

"감사합니다, 황상!"

이원희 일행은 곧 민망 황제의 안내를 받아 후원에 위치한 뜨검탄으로 향했다. 이곳은 평소 황제가 정무를 보는 공간이자, 서재 및 연회를 베푸는 장소이기도 했다.

단층의 횡으로 길게 지어진 이 건물에 도착한 일행은 그중 가장 큰 방으로 초대되어, 이미 차려진 진수성찬 앞에 자리를 잡게 되었다. 중앙에 자리 잡은 황제가 대한제국 해군 장령들이 자리를 잡기 바쁘게 칭찬부터 쏟아냈다.

"확실히 대한제국의 총리 각하께서는 의리가 있는 분이시오. 우리의 계속된 요구에 상호 통상조약에 이어 수호조약이 체결된 것이 채 2년이 되지 않았는데, 우리가 위난에 빠지자 그 약속을 저버리지 않고 이렇게 외침에서 우리나라를 구원해 주시다니 말이오."

"그분으로 인해 우리 대한제국이 욱일승천하고 있는 것은 백성 누구나 알고 있고, 인정하고 있는 사실이지요."

"그분을 먼저 알게 되었다는 것이 지금 와서 생각하니 우리로서는 큰 복이 아닐 수 없소. 자, 그건 그렇고 전투 중 다친 사람은 없었소?"

"경미한 부상자는 십여 명 있으나 그 외는 전원 무사합니다, 황상!"

"허허… 적은 완전히 풍비박산이 나고 떼죽음을 당했는데, 적으로 만난다면 모골이 송연하겠소이다."

"그 역시 아군 함포의 위력 때문이 아닌가 합니다."

"그러게나 말이오. 정말 탐나지만 여전히 우리에게 판매하거나 생산하게끔 하는 것은 힘들겠지요?"

"그 대신 월남이 위험에 처하거나 하면 틀림없이 군을 파견할 것이니, 너무 무기에 연연하시지 않아도 될 것입니다, 황상!"

고개를 끄덕인 민망 황제가 말했다.

"무기 이야기가 계속되니 말이오만, 귀국이 지원한 무기가 아니었으면 육전에서도 적의 화력을 감당할 수 없었을 것이고, 훈련시킨 교관단이 아니었으면 운영 차체가 어려웠겠지요. 하여튼 그 효험을 금번에 톡톡히 보았으니 귀국 총리께 다시한번 감사를 표하는 바이오."

"황상의 말씀을 그대로 총리 각하께 전해 올리도록 하겠습니다, 황상!"

"고맙고 고마운 일이오. 자, 과공은 비례라 차린 것은 없지만 지금부터 연회를 즐겨보도록 합시다."

"네, 황상!"

이렇게 해 이원희를 비롯한 대한제국 해군 장성들은 즐거운 한때를 보낼 수 있었다.

연회가 끝나자 황제 이하 대신들의 권유에도 불구하고, 함선에서 장병과 함께 묵은 일행은 다음날 곧 포로의 심문에 착수했다. 이에 따라 아국 지휘선으로 끌려온 인물은 불란서의 로즈 제독과 영국의 브라운(N. Brown) 대령이었다.

영국은 제독 이하 두 명의 장성마저 금번 포격전에 비명횡 사했기 때문이었다. 아무튼 계급장마저 떼어진 채 포승줄에 묶여온 두 사람을 손수 풀어준 이원희가 먼저 로즈 제독에게 말했다.

"아국이 천진에서 용서를 해주었으면 고이 본국으로 돌아 갈 것이지, 왜 남의 나라를 침략해 피차 보기 민망한 꼴을 연 출하는 것이오?"

"지금 와서 잘잘못을 따져 무엇 하겠습니까? 아국의 전함 및 포로들을 어찌 처리할지 그에 대해서 알려주셨으면 감사하 겠소이다."

"아국은 온전한 전함은 물론이고 포로 전체를 대한제국으 로 끌고 갈 생각이오. 이에 대해 할 말 있으면 하시오."

"베트남과 그렇게 협의가 끝난 것입니까?"

"아직은 아니지만 우리가 그렇게 하겠다는데 월남이 어찌 할 것이오. 우리의 뜻에 따를 수밖에."

"끙……!"

괴로운 신음을 토하던 로즈 제독이 말했다.

"우리를 그대로 방면해 주신다면 수고로움을 덜어드리겠습 니다."

"무슨 말이오?"

"다낭에 주둔 중인 아군 5천 명을 그대로 철수시키겠습니다."

"그곳에 5천 명을 주둔시켰다고?"

"틀림없는 사실입니다."

한 가닥 희망이 생기자 생기 반짝이는 눈으로 브라운 대령이 먼저 나서 확답을 했다. 이에 이원희가 떠보기 위해 말했다.

"그야 월남군으로 토벌하면 되는 것이고, 우리로서는 하등 방침을 바꿀 이유가 없는 것 같소."

"월남군이 우리 연합군을 토벌한다는 것이 결코 쉽지만은 않을 것이오. 최소한 월남군도 배 이상의 피해를 볼 각오를 해야 할 것이오."

"그야 우리와 무관한 일이니 이 자리에서 더 이상 거론하지 맙시다."

이원희의 말에 로즈 제독의 표정이 일변하더니 잔뜩 독 오른 살모사가 되어 덤벼들었다.

"그렇게 되면 아국은 물론 영국도 가만히 있지 않을 것이오. 전 국력을 기울여 대한제국과 전쟁을 벌일 것이오."

"그런 말을 한다고 해서 우리가 눈 하나 깜빡한다고 하면 큰 오산이오. 당신들이 풀려나는 길은 오로지 우리와 잘 협상을 해서, 전쟁배상금 및 여타 손해배상을 하고 찾아가는 길뿐이오."

"……."

이원희의 강경 자세에 더 이상 할 말이 없게 된 양인이 서로 바라보며 눈만 껌벅이는데, 월남의 대신 하나가 찾아왔다는 전갈이 들어왔다.

『조선의 봄』 7권에 계속…

초대형 24시 만화방

신간 100%, 샤워실, 흡연실, 수면실(침대석), 커플석, 세탁기 완비

■ 시흥 정왕25시점 ■

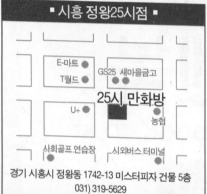

경기 시흥시 정왕동 1742-13 미스터피자 건물 5층
031) 319-5629

■ 강북 노원역점 ■

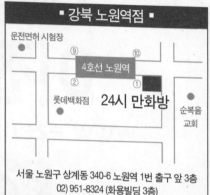

서울 노원구 상계동 340-6 노원역 1번 출구 앞 3층
02) 951-8324 (화용빌딩 3층)

■ 일산 정발산역점 ■

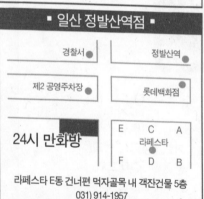

라페스타 E동 건너편 먹자골목 내 객잔건물 5층
031) 914-1957

■ 일산 화정역점 ■

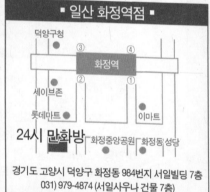

경기도 고양시 덕양구 화정동 984번지 서일빌딩 7층
031) 979-4874 (서일사우나 건물 7층)

■ 부천 역곡역점 ■

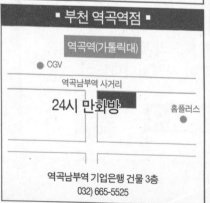

역곡남부역 기업은행 건물 3층
032) 665-5525

■ 부평역점 ■

(구)진선미 예식장 뒤 한신포차 건물 10층
032) 522-2871

GRAND SLAM

FUSION FANTASTIC STORY

자미소 장편소설

그랜드슬램

2016년의 대미를 장식할 최고의 스포츠 소설!!

Career record : 984W 26L
Career titles : 95
Highest ranking : No. 1(387weeks)
Grand Slam Singles results : 23W
Paralympic medal record : Singles Gold(2012, 2016)

약 십 년여를 세계 최고로 군림한 천재 테니스 선수.
경기 내내 그의 몸을 지탱하고 있는 것은…… 휠체어였다.

『그랜드슬램』

휠체어 테니스계의 신, 이영석(32).
그는 정상의 자리에서도 끝없는 갈망에 사로잡혀 있었다.

"걷고 싶다, 뛰고 싶다. …날고 싶다!!"

뛸 수 없던 천재 테니스 선수
그에게, 날개가 달렸다!!!

Book Publishing CHUNGEORAM

유행이 아닌 자유추구
WWW. chungeoram.com

이계진입

리로디드

임경배 퓨전 판타지 소설

FUSION FANTASTIC STORY

『권왕전생』임경배의 2015년 신작!

『이계진입 리로디드』

왕의 심장이 불타 사라질 때,
현세의 운명을 초월한 존재가 이 땅에 강림하리라!

폭군으로부터 이세계를 구원한 지구인 소년 성시한.
부와 명예, 아름다운 연인…
해피엔딩으로 이야기는 끝인 줄 알았건만
그 대가는 지구로의 무참한 추방이었다.
그리고 10년 후…….

"내가 돌아왔다! 이 개자식들아!"

한 번 세상을 구한 영웅의 이계 '재'진입 이야기!

Book Publishing CHUNGEORAM

유행이 아닌 자유추구 -
WWW.chungeoram.com

GAME
BALL

게임볼 설경구 장편 소설
FUSION FANTASTIC STORY

무명의 야구인이었던 남자,
우진이 펼치는 야구 감독으로서의 화려한 일대기!

『게임볼』

"이 멤버로 우승을 시키라고?"

가상 야구 게임,
게임볼을 통해 인생 역전을 꿈꾸는

한 남자의 뜨거운 행보에 주목하라!